Le gladiateur d'Irina

Du même auteur

Romans

L'homme qui court – 2013, Éditions de Phénicie (Fête du Livre Saint-Étienne)

La dégradation – 2015, Éditions de Phénicie

Le carnaval des ombres – 2017, Éditions Orphie (Salon du Livre Paris)

La diagonale du fou – 2020, Éditions Orphie

Essais

Le Prisonnier, une énigme télévisuelle – 2003, Editions Yris,
nouvelle édition en 2011 (coécrit avec Patrick Ducher)

Le Prisonnier, une mythologie moderne – 2018

Nouvelles

Difficultés de communication – 1989
(deuxième prix ex æquo du Concours National de science-fiction)

À la vitesse d'une statue – Novembre 1992, Le Rôdeur n° 10

Biographie

Le nom de Rosa – 2016, Éditions de Phénicie (avec Giovanni Viscio)

Bandes dessinées

Projet Pennyfarthing – 1997, Éditions Le Rôdeur
(avec Philippe Cottarel – en français)

Who's Number One? – 1998, Éditions Six of One
(avec Philippe Cottarel – en anglais)

The Final Project – 2006, Éditions Le Rôdeur
(avec Philippe Cottarel, Christian Brantonne, Patrick Ducher – en français et en anglais – 3 volumes)

Conférences

© *Le Prisonnier. De 1968 à 2018, 50 ans de culture télévisionnaire* – 2018

La double écriture – 2020

Jean-Michel Philibert

Le gladiateur d'Irina

Roman

CO
éditions

ISBN : 978-2-494781-25-2

Dépôt légal : février 2024

Illustration de couverture : JYG
Crédit photos : Adobestock

3, rue de la Charité - 38200 Vienne

nco-editions.fr

1 – *L'arène d'Irina*

« Lorsque le monde meurt,
s'adapter est une question de survie. »
(Livre de Choden)

La fatigue commençait à distiller son venin. L'odeur du sang imbibé dans la terre était encore lourde. L'air était sec, mais un peu trop chaud pour Aoki. Il préférait le froid mordant qui incommodait tant les autres gladiateurs. Une sueur âcre coulait de son front large, mais le bourrelet osseux protégeait bien les larges yeux profondément enfoncés dans leurs orbites. Les épaules trapues semblaient supporter un poids écrasant, et les jambes courtes et musclées ressentaient douloureusement les blessures et les coups.

C'était le sixième combat de la journée, et il avait assuré le spectacle autant que nécessaire.

Il faut que j'en finisse. Maintenant.

La large main se resserra sur le pommeau du katana, les robustes orteils de ses pieds nus frottèrent le sol de terre brune, et le regard aiguisé enveloppa la silhouette qui lui faisait face. Son adversaire le dépassait d'une bonne tête. Comme tous les autres combattants. Aoki y était habitué, et il y avait longtemps que cela ne l'impressionnait plus. Il attendit. L'autre se décida et bondit en avant, rapide, plus rapide qu'Aoki ne pourrait jamais l'être. Cela n'avait aucune importance non plus. Cela aussi, Aoki s'y était adapté depuis longtemps. Il connaissait parfaitement les leçons enseignées par Kagi. *Sen no Sen*. L'esprit anticipe. Le combattant était doué, mais Aoki avait trouvé le point faible, là où les protections étaient absentes.

L'attaque fut celle prévue. Le *shinaï* [1] adverse décrivit une large boucle pour viser la tête casquée d'Aoki. *Tai no Sen*. Le corps anticipe. Le tronc large pivota juste ce qu'il faut, et le bouclier de *solamétal*[2] dévia le bâton pour déséquilibrer l'adversaire. *Go no Sen*. Anticiper l'après. Dans le même mouvement, le katana d'Aoki perfora la peau brune et poussiéreuse. Le combat était terminé. Aoki ne baissa pas les yeux et commença à regagner lentement la porte de sortie de l'arène. Une clameur monta des gradins surpeuplés, mais les cris de haine et les vociférations de plaisir de la foule ne dérangeaient pas plus Aoki que les applaudissements délirants de ses admiratrices.

Derrière lui, le gladiateur gisait sur la terre brune. Il vivrait. Aoki n'avait touché aucun organe vital.

Les gladiateurs combattaient rarement à mort. Seuls les kamikazes s'étripaient dans l'arène, pour quelques *tsukas*, les piécettes de monnaie qui permettaient d'améliorer la distribution quotidienne. Ils étaient lâchés par grappes, à l'ouverture, et seul le survivant du groupe ressortait. Parfois, il n'y avait aucun survivant. Si les gladiateurs étaient des esclaves, les kamikazes étaient à peine considérés comme des êtres humains. Et d'ailleurs, leurs armes n'étaient que des lames ébréchées d'antique acier, qui auraient été incapables de rivaliser avec le solamétal. Quand la foule avait un peu étanché sa soif de sang, les gladiateurs faisaient leur entrée.

Lorsqu'Aoki regagna sa cellule, il s'aperçut qu'elle avait été vidée. Seule une tunique de chanvre propre avait été posée sur sa couche, avec une ceinture de cuir neuve. Le reste de ses armes et de ses protections ainsi que la ceinture d'énergie avaient disparu. Cela l'intrigua. Elles n'étaient bien sûr pas sa propriété, mais il savait que Kagi l'aurait prévenu si quelque riche propriétaire l'avait racheté. Il avait en son maître d'armes une confiance absolue.

1 – Bâton à deux mains.

2 – Alliage léger et inaltérable.

Le petit homme aux yeux bridés était le seul être au monde qui l'eut jamais protégé. Et pourtant, il lui avait mené la vie dure. D'aussi loin qu'Aoki se rappelle, Kagi avait toujours été là. L'enfant Aoki avait pratiquement été élevé par cet ancien gladiateur, qui l'avait nourri, éduqué, entraîné, endurci. Aoki savait que Kagi était différent des autres maîtres d'armes, tous plus frustres et brutaux les uns que les autres. Là où ils formaient sommairement les esclaves qui leur étaient confiés pour l'arène, Kagi lui avait enseigné non seulement toutes les formes de combat qu'il maîtrisait, mais il lui avait aussi transmis une culture et une connaissance ignorées dans toutes les cités. Le petit homme maigre et sec avait repéré en l'adolescent un instinct exceptionnel, supérieur même au sien. Il ne prononçait que peu de mots, mais savait montrer, par l'exemple, ce qu'il savait. Et Aoki savait que lui seul avait été choisi par Kagi. Le maître d'armes avait d'autres gladiateurs dans son cheptel, mais il ne leur enseignait pas la moitié de ce qu'il avait appris à Aoki. Tous deux le savaient, mais ils n'en parlaient jamais. Il y avait entre eux une complicité et une fusion qui devaient rester uniques. La meilleure récompense d'Aoki était le sourire rare et discret de cet homme taciturne.

Aoki s'assit à même le sol et entreprit de nettoyer son katana.

— *Fudo Shin*, Aoki.

Rester calme. Compris.

Kagi venait d'entrer dans la cellule. Silencieusement, comme à son habitude. Aoki attendit. Il savait que son maître d'armes ne venait pas le féliciter pour un combat facilement remporté. Les rares paroles de Kagi étaient à méditer. *Fudo Shin*, le calme. Rester calme, car un événement imprévu est sur le point de se produire. Le danger est possible, mais inconnu. Le code secret que Kagi lui avait enseigné était leur meilleure arme à tous les deux. Leur seul moyen de survivre plus longtemps dans ce monde où la mort était la seule certitude rassurante.

Le maître d'armes s'assit près d'Aoki et resta silencieux. Aoki ne l'interrogea pas, il attendait, tout en rendant à la lame son éclat métallique si particulier. Kagi finit par lâcher.

— Demain, on vient te chercher.

Ce « on » ne présageait rien de bon, mais rien de mauvais non plus. Juste l'inconnu. L'avertissement suffisait pour décrypter. Aoki se demanda si on l'avait racheté, lui, ainsi que Kagi. Leur propriétaire, Li, achetait et vendait les gladiateurs au gré de leur réussite dans l'arène et de leur réputation auprès des Joueurs[3]. Celle d'Aoki commençait à grandir, mais il n'avait pas encore l'Œil. Seulement la lame des gladiateurs tatouée sur le bras droit, signe de son appartenance à l'arène. Il n'avait que quinze ans, et s'il avait gagné le droit d'utiliser la ceinture d'énergie à l'entraînement, il n'avait jamais quitté Irina.

— Sans moi.

Aoki interrompit son nettoyage. Il n'imaginait pas être séparé de Kagi ! S'il maîtrisait toutes ses techniques de combat, le petit homme était le seul être au monde auquel il était attaché. Il était si troublé qu'il ne put s'empêcher de s'exclamer :

— Pas question !

Les lèvres minces du maître d'armes s'étirèrent en un petit sourire, mais les yeux fendus ne recelaient aucun humour.

Mon garçon… Comme tu vas me manquer !

Kagi se leva et termina, les yeux perdus au-dessus de la tête du gladiateur, avant de quitter la cellule :

— Ni toi ni moi ne décidons, Aoki. Tes armes et tes protections sont prêtes. Tu les retrouveras demain à ton départ. Les femmes vont te baigner. La vie nous sépare, mais nous nous retrouverons peut-être un jour. Je l'espère. *Zanshin* !

Il tourna les talons et Aoki sut qu'il ne le reverrait plus. Il resta longtemps à ruminer de sombres pensées. *Zanshin*. Vigilance. Ce n'était pas un marchand de gladiateurs qui viendrait demain. Il posa le katana et attendit.

Il se souvint des enseignements de Kagi. Ceux qu'il donnait à tous les gladiateurs qui lui étaient confiés. Et ceux, secrets, qu'il

3 – Minekos (voir 4) décadents qui ne vivent que pour le Jeu, jeu vidéo qui leur permet de visiter des arènes virtuelles et de manipuler les gladiateurs.

réservait à Aoki. La passion de Kagi était le *kumite*, le combat à mains nues, dont il avait été un expert, autrefois. Avant qu'il ne soit déchu, pendant le grand cataclysme de *Tokohama*. Comme ses gladiateurs, Kagi était désormais la propriété de Li, et sa seule liberté avait été de choisir Aoki comme disciple. Il lui avait enseigné les *katas*, ces suites de mouvements codifiés et incompréhensibles pour le profane, messages secrets destinés à inscrire les techniques de combat dans la mémoire corporelle. Ils s'étaient entraînés à les répéter ensemble des années durant, et Aoki devinait que la sérénité apparente de Kagi tenait à la satisfaction d'avoir pu enseigner toutes ses techniques à un adolescent surdoué. Aoki se souvenait aussi des veillées dans la cellule où les rares paroles de son mentor lui avaient appris le monde extérieur. Le maître d'armes possédait une culture inhabituelle chez un ancien gladiateur, et il avait beaucoup influencé Aoki. Il savait qu'il y avait un monde en dehors de l'arène, même s'il pensait ne jamais le connaître. Il avait même entendu des récits mystérieux d'arènes privées réservées aux riches enfants de la crête, les *Minekos*[4]. Il savait que Li gérait ses gladiateurs pour le compte de la *Fraternité Noire*[5]. Qu'Irina n'était qu'une des cités de réfugiés qui concentraient les survivants. Et que chaque cité possédait son arène à l'emblème du soleil jaune de la Sabak, le consortium qui gérait les arènes pour la Fraternité Noire, afin des distraire ces foules frustres et sans avenir.

Les femmes vinrent le chercher. À Irina, elles étaient plusieurs à s'occuper des gladiateurs, comme les étalons qu'ils étaient. Mais il était seul aujourd'hui à profiter de leurs soins. Le gladiateur devinait qu'on avait pris soin de l'isoler des autres pour cette dernière soirée. Aoki connaissait bien les femmes dévolues à leur service. Des Sœurs du Temple qui n'avaient pas été jugées dignes de plus hautes fonctions. Les gladiateurs les respectaient, même si elles étaient aussi leurs esclaves sexuelles. Aoki ne se serait pas

---

4 – *Enfants de la crête,* riches privilégiés qui vivent sur les mers ou dans les vaisseaux en atmosphère

5 – Nom familier de la Ligue de la Foi, monopole de la pensée religieuse et dogmatique apparue après la Catastrophe.

permis de se servir de celles qui s'étaient occupées de lui depuis son enfance. Arya et Mira étaient ses préférées. Elles ne semblaient pas savoir qu'Aoki les quitterait demain, car elles étaient gaies et bavardes comme à leur habitude.

Il se laissa baigner et masser avec plaisir et reconnaissance, sans un mot pour les prévenir. À quoi bon ?

Je les regretterai.

Lorsqu'il fut rasé et huilé, les femmes lui apportèrent à manger. La gamelle était pleine de galettes de *soreibato*, ce concentré de protéines fade et sans couleur, mais elles les avaient trempées d'une sauce chaude et odorante de légumes et de chanvre. Une carafe de *Hai* lui fut servie. Aoki adorait depuis toujours ce mélange inconnu.

Un jour, Arya lui avait appris qu'il était fait avec de la cendre de plantes, et qu'elle était réservée aux gladiateurs, pour les fortifier. Et Aoki savait que Kagi leur recommandait d'ajouter un peu de la terre de l'arène. Il lui avait expliqué que de minuscules animaux vivaient dans le sol, et que cela protégeait des infections. Aoki n'avait jamais vu ces animaux, malgré ses efforts, mais il croyait aveuglément Kagi. Mira, la plus savante des deux femmes, lui avait quant à elle révélé que les légumes n'étaient pas pour la plèbe de la cité, et qu'il devait s'estimer heureux d'en profiter, comme les autres gladiateurs. Elle lui avait raconté que les galettes de soreibato étaient produites par la Sara, dont l'emblème était le soleil vert que l'on voyait sur chaque galette.

Les femmes le servirent plusieurs fois, car l'appétit féroce d'Aoki était connu ! Puis elles le quittèrent pour aller s'occuper des autres gladiateurs.

Ses compagnons, une cinquantaine, occupaient chacun une cellule du vaste bâtiment de bois à deux étages qui jouxtait l'arène. Il n'avait pas d'amis parmi eux mais tous l'admiraient, et il en respectait certains. Ils étaient tous plus âgés que l'adolescent et il les connaissait depuis toujours. Ceux qui n'étaient pas morts au combat. Beaucoup l'avaient rudoyé dans le dos de Kagi, mais il le leur avait fait payer cher lors de leurs premiers entraînements en commun. Les premiers combats s'étaient vite révélés à son avantage.

Aoki était de petite taille, mais il les dépassait tous à présent par le poids, et sa force était redoutée. Il n'y avait plus personne pour se moquer de son crâne difforme et de ses mâchoires prognathes. Elles lui avaient servi à mordre férocement dans le corps-à-corps. La barre osseuse qui couronnait son front le protégeait des rares coups reçus, et elle continuait à croître. Le reste de son corps, en revanche, était arrivé à maturité. À quinze ans, il était un adulte, aussi bien physiquement que mentalement.

Mais même un adulte de quinze ans doit dormir. Il posa sa gamelle et regagna sa cellule. Il s'endormit aussitôt sur la mince couche de chanvre. Il dormit d'un sommeil sans rêves et le matin le trouva reposé et serein. Il se vêtit de la tunique de lin, serra la ceinture autour de sa taille et attendit.

Li vint le chercher en personne. C'était un homme pâle et frêle, sans grande personnalité. Il n'avait pas été brutal avec Aoki, pas plus qu'avec ses autres gladiateurs. Il soignait son cheptel. C'était un homme d'affaires, qui gérait ses gladiateurs comme un bétail de valeur, dont Aoki avait vu partir les meilleurs, et arriver de plus jeunes. Depuis qu'Aoki était invaincu, il avait surpris plus d'une fois le regard de Li qui le jaugeait, attendant sans doute qu'il perde un combat ou qu'il soit digne de l'Œil. Les combattants qu'affrontaient les gladiateurs venaient d'autres arènes, mais Irina n'avait pas encore accueilli les pantins des Joueurs.

— Tu es prêt, c'est bien. Allons, ne le faisons pas attendre.

Aoki se leva et suivit sans poser de question. Il saurait bien assez tôt qui venait le chercher. Et pourquoi.

Il respira avec bonheur l'air froid et sec. Il aimait ce calme et cette sensation de liberté qu'il donnait. Que de fois n'avait-il rêvé d'un espace plus grand que l'arène, plus vide que les gradins, plus serein que celui confiné où il devait combattre jour après jour… Mais il ne connaissait du monde que ce qui lui avait appris Kagi, et il se demandait souvent s'il pourrait un jour fouler ces contrées inconnues, où le maître d'armes lui avait raconté que bien des animaux vivaient à l'abri des hommes. Où de curieuses plantes poussaient plus haut que les maigres tiges verdâtres que les jardiniers arrachaient à la terre de l'arène. Il n'y avait guère de plantes dans les cités, et seuls des chiens galeux et affamés se risquaient parfois la nuit dans les gradins de l'arène pour s'y disputer des reliefs de soreibato.

Il faisait encore nuit, et Li le guida hors du bâtiment des gladiateurs pour l'emmener dans une habitation où Aoki n'était jamais entré. La demeure de Li. Comme ses gladiateurs, Li vivait dans l'enceinte de l'arène. Mais lui avait le droit d'en sortir, sans que les policiers de la Fraternité s'interposent brutalement. La petite maison était coquette et propre. La pièce où Li lui dit d'attendre était luxueusement meublée et éclairée par des *luminers*[6]. Aoki n'avait jamais vu de sièges aussi confortables et de meubles de bois aussi ouvragés. Le sol et les murs étaient tendus d'un revêtement de *plastisol*[7] clair, immaculé, que les domestiques devaient entretenir quotidiennement. Aoki se sentit gêné de fouler le sol de ses pieds nus, puis il se souvint que ce luxe était payé du sang des gladiateurs. Il n'enviait pas l'existence de Li, et n'entretenait aucun espoir d'une vie différente. Un gladiateur vivait et mourait dans l'arène. Il aurait aimé rester à Irina, pour Kagi, mais une arène en valait une autre pour combattre et mourir.

Perdu dans ses pensées, il perçut soudain un frôlement derrière lui.

L'adolescent se retourna vivement. Un homme venait d'entrer. Aoki n'avait pas l'habitude qu'on le surprenne. Il savait son ouïe anormalement développée, comme tous ses sens. Il se tint immobile devant celui qui le contemplait avec curiosité.

Il est bien tel que Li me l'avait décrit. Mais quelle étrange apparence…

L'homme qui faisait face à Aoki était un Grand Prêtre. La robe noire et le capuchon ne révélaient rien du corps de l'inconnu, si

---

6 – Éclairage.

7 – Plastique formé à partir du dioxyde de carbone (CO_2).

ce n'est une taille immense. Le visage était à demi dissimulé par le capuchon, mais les luminers faisaient ressortir des traits anguleux et un regard vif et acéré. Aoki avait déjà vu des novices et des Frères dans les gradins de l'arène. Celui-ci portait le même accoutrement, mais la robe et le capuchon étaient ornés du liseré doré qui indiquait son rang. Jamais un Grand Prêtre ne s'abaissait à assister aux combats, et on ne parlait d'eux qu'avec crainte.

— Tu es donc Aoki.

Le gladiateur sursauta.

La voix du Grand Prêtre avait résonné à ses oreilles, déformée par l'amplificateur vocal. Les adeptes de la Fraternité Noire savaient ménager leurs effets. Le capuchon de lin qui recouvrait leur tête et dissimulait leurs traits, l'ample robe noire qui cachait une foule d'appareils de détection, sans compter la probable ceinture d'énergie, les auréolaient de mystère. On s'écartait sur leur passage et on se taisait en baissant les yeux.

Mais Aoki n'avait jamais baissé les yeux devant quiconque, pas même un Grand Prêtre, et il savait observer. Lire les plis de la robe et deviner ce qu'elle recèle. Décrypter la démarche et anticiper les gestes. Filtrer les voix et sentir la menace, la peur ou la surprise. La terre brune de l'arène et les longues années d'entraînement féroce lui avaient enseigné la connaissance des corps et des esprits. Si son corps à lui était lent, son esprit fulgurait comme une de ces étoiles filantes aperçues la nuit, parfois. Mais s'il connaissait parfaitement les réactions de ses adversaires, il n'avait encore jamais fréquenté un adepte aussi élevé dans la hiérarchie de la Fraternité.

Madara avait entendu parler de l'adolescent depuis plusieurs années déjà, et il se demandait jusqu'où irait ce curieux spécimen. Aoki n'était pas beau, il confinait même à la laideur, avec son visage massif, son front fuyant, son nez très épaté et son absence de menton. Le bourrelet osseux surmontant les orbites dissimulait des yeux couleur d'eau que Madara devinait d'une prodigieuse acuité. Les cheveux, touffe de paille brun-roux, se prolongeaient par des poils vigoureux courant sur le cou, que n'avaient pas rasé les femmes. Oui, Aoki était laid. Mais son corps était prodigieusement puissant, et les épaules larges, le torse bombé, les mains épaisses comme des battoirs témoignaient d'une force étonnante que sa taille relativement modeste ne parvenait pas à estomper. Cette force, ajoutée à ses exceptionnelles capacités de tacticien, avait fait d'Aoki le gladiateur le plus redouté d'Irina. Madara avait appris par ses prêtres que personne ne pouvait plus le vaincre. Il avait suffi d'un mot pour que Li s'empresse de le lui offrir.

Il ne connaît pas la peur. Et il sait se taire. Une bonne recrue.

Aoki attendait que le Grand Prêtre reprenne la parole. Non par crainte ou par respect, mais par cette curiosité qu'il avait apprise auprès de Kagi. L'adversaire se livre tout entier par ses paroles et par ses actes. Il suffit d'observer. Mais il ne lisait rien sous le capuchon noir, et il ne pouvait rien anticiper.

— Tu m'appelleras Madara. Suis-moi.

Le Grand Prêtre tourna les talons et Aoki le suivit. Les paroles de Madara plongèrent le gladiateur dans un abîme de réflexion. S'il avait jusque-là pensé qu'on l'emmènerait combattre, il entrevoyait à présent quelque chose de différent. Madara n'aurait pas dit son nom sans intention précise. Et il avait employé le futur, comme pour dire qu'ils auraient désormais à se côtoyer. Cherchait-il un garde du corps ?

Zanshin.

Quand on ne sait où l'on va, il faut suivre le chemin, et tâcher de percevoir le but. Madara et lui se retrouvèrent devant la haute porte qu'Aoki avait franchie il y avait bien des années, lorsqu'il était enfant. Il ne s'en souvenait pas. Il ne connaissait que l'arène, et cette porte ouvrirait sur un ailleurs inconnu.

Deux prêtres de rang inférieur les attendaient. Ils portaient chacun un sac de cuir qui devaient contenir les armes et les protections d'Aoki. Ils s'inclinèrent silencieusement devant Madara et ouvrirent la porte. Ils les précédèrent. Madara sortit et Aoki franchit à son tour le seuil de la porte.

2 – *La fleur d'argent*

« Le véritable pouvoir commence
où s'arrêtent les croyances. »
(Livre de Choden)

Irina ! Même à cette heure matinale, la cité était grouillante de vie. Des sons, des odeurs, des couleurs envahirent les sens du jeune gladiateur.

Les deux Frères reprirent la tête du petit groupe pour fendre la foule qui commençait à s'entasser dans les ruelles. Aoki savait qu'en cas de besoin, leurs appareils pourraient émettre un champ répulsif. Et que les techniques de combat des Frères valaient celles des gladiateurs. Mais la plupart du temps, les robes noires et les capuchons suffisaient à inspirer le respect. Et les policiers de la Fraternité veillaient en nombre à maintenir l'ordre. Il voyait leurs uniformes noirs à chaque croisement. Ceux-là étaient redoutés et, plus encore, haïs. Leur brutalité était extrême, et chaque attroupement dispersé à coups de *tonfa*[8]. Et quand une pénurie de soreibato jetait la populace dans l'émeute, d'autres armes, meurtrières, entraient en action. Aoki les avait vus aussi ramener le calme dans l'arène, et il connaissait leurs méthodes. Les policiers avaient le rang le plus bas dans la Fraternité, juste au-dessus des novices, et ils faisaient payer cher leur statut inférieur.

Mais Aoki ne s'intéressait qu'à ce qu'il voyait. Il était médusé par le bruit, la crasse et la promiscuité de la populace tant méprisée

---

8 – Matraque.

par les Frères. Ces femmes en haillons, ces enfants à moitié nus et grelottants de froid, ces hommes à peine nourris et au regard sans âme, tous vivaient une existence courte et misérable. Leur seul rêve était l'arène, où les plus robustes pouvaient devenir kamikazes ou gladiateurs. Réfugiés venus des terres stériles, victimes des guerres et des pogroms, artisans ou paysans chassés par la faim et la fournaise, ils se réfugiaient dans les cités comme Irina, où ils savaient pouvoir bénéficier des distributions quotidiennes des galettes nutritives et d'une relative protection de la Fraternité. Et où de petits trafics inavoués rythmaient la vie et la mort. Des rumeurs couraient. Sur les élevages clandestins de chiens, sur l'exploitation d'enfants abandonnés et livrés à eux-mêmes, sur les enlèvements et les prélèvements d'organes. Mais la vérité se cachait dans l'obscurité des ruelles dépourvues de luminers, la nuit. Aoki savait cependant que la police de la Fraternité était bien trop présente pour que le crime soit organisé. À moins que la police ne fasse elle aussi partie du crime… Combien de cités comme Irina ? Aoki n'aurait su le dire, mais Kagi lui avait dit qu'elles étaient nombreuses et aussi surpeuplées. Kagi avançait en âge, et il avait vu bien des choses.

La proximité de la foule était nouvelle pour Aoki, et il reniflait la peur et la résignation aussi bien que la puanteur. Les visages et les corps que le gladiateur ne voyait que de loin dans les gradins reflétaient des origines différentes. Peaux claires ou brunes, noires parfois. Yeux fendus comme ceux de Kagi, ou larges comme ceux d'Aoki. Petites tailles ou hautes statures. Aoki trouva confirmé ce qu'il observait depuis toujours : son physique était unique, exceptionnel même. Et rares étaient les peaux aussi claires que la sienne. Les langages étaient surprenants et incompréhensibles, et Aoki se sentait noyé dans ce brouhaha et cette cacophonie. Kagi lui avait enseigné sa propre langue qui était très proche de celle de la Fraternité, la langue des conquérants et des Prêtres.

Les ruelles croisaient des voies plus larges, mais étaient bordées des mêmes baraquements. Les bulles de plastisol fournies par la Fraternité étaient la règle, mais la plupart étaient usées, craquelées, crasseuses. Certaines se perçaient de cavités ou bien se cassaient en deux, obligeant leurs occupants à d'infâmes assemblages hétéroclites de matériaux de récupération. Mais toutes affichaient la misère et la promiscuité. Des familles s'y entassaient, avec pour seule possibilité d'hygiène de rares points d'eau disséminés et gardés par les policiers. Aoki eut un frisson en comparant son existence dans l'arène, bien plus confortable et sûre que celle des réfugiés qui s'agglutinaient ici.

Pourquoi marchons-nous ainsi ?

Aoki ne se posait pas la question de leur but, elle trouverait bien sa réponse tôt ou tard. Mais il commençait à se demander pourquoi Madara les faisait déambuler dans les bas-fonds de la cité. Il y avait une justification, car les Frères n'agissaient jamais au hasard. Madara savait probablement que le jeune gladiateur ne connaissait rien d'autre que l'arène, et découvrir Irina faisait sans doute partie de l'objectif qu'il assignerait bientôt à Aoki. Peut-être observait-il ses réactions, car le Grand Prêtre s'était placé à ses côtés et marchait au même pas. Les deux Frères qui ouvraient la marche semblaient pourtant bien suivre une direction précise dans ce labyrinthe où tout se ressemblait. Sans doute possédaient-ils des instruments qui leur permettaient de ne pas s'y perdre. Voulait-on impressionner Aoki ? Il l'était, sans doute, mais l'entraînement de Kagi lui permettait de ne rien dévoiler de ses émotions et de ses pensées. Madara en serait pour ses frais.

Ils marchaient depuis près d'une heure lorsque le paysage de la cité se modifia brusquement. Les ruelles s'arrêtaient toutes sur une vaste esplanade inondée de soleil. Là, plus de baraquements, plus de pauvres hères déambulant bruyamment. Même les policiers en étaient absents.

Le petit groupe s'immobilisa et Aoki s'étonna de l'édifice qui trônait au centre de l'esplanade. Le gladiateur connaissait la pierre, elle faisait partie des armes que les gladiateurs utilisaient parfois. Mais jamais il n'aurait imaginé qu'une telle quantité pût être utilisée pour construire un édifice. Jamais non plus une construction aussi massive, aussi imposante. Haute de plusieurs dizaines de mètres et percée de nombreuses fenêtres, elle ne semblait s'ouvrir que sur une seule et unique porte, bien plus haute et bien plus large que celle de l'arène. Sur le fronton de la porte, un soleil rouge était gravé. Celui que les Sœurs portaient fièrement cousu sur leur robe de chanvre noire. Aoki reconnut l'édifice. Le Temple ! Le lieu où Arya et Mira avaient été élevées, formées, éduquées. Elles lui en avaient parfois parlé, mais toujours à demi-mot, avec une crainte respectueuse. Les Sœurs de la Fraternité cultivaient le secret autant que leurs homologues masculins. Mais elles lui avaient confié que le Temple était la concrétisation d'un rêve, une citadelle abritant une quête d'absolu, une préparation au pèlerinage et à la purification. Aoki n'avait qu'une vague idée de ce que pouvait représenter la spiritualité, et il se demandait si tout cela n'était pas qu'un vague mirage destiné à oublier ce monde de férocité et de mort.

Il sentit sur lui le regard de Madara.

Rien ne semble le surprendre. Et il ne pose aucune question.

Le Grand Prêtre ne prononça pas une parole. Mais les Frères posèrent les sacs et scrutèrent le ciel. Presque aussitôt, un ronflement léger naquit dans l'air frais et une ombre argentée déboucha d'un nuage. Le gladiateur reconnut la silhouette qui descendait sur eux avec élégance. Une chaloupe[9]. Il en avait vu souvent survoler l'arène, et Kagi lui avait appris que c'était le moyen de déplacement préféré de la Fraternité. Les chaloupes devaient sembler venir du Soleil pour impressionner les foules. Elle s'approcha rapidement et Aoki put distinguer nettement le *Kumohi*, le Soleil Noir, emblème de la Fraternité. Puis elle se posa doucement sur le sol de l'esplanade et les Frères reprirent les sacs pour se diriger vers l'accès qui venait de s'ouvrir dans la chaloupe. Ils paraissaient tout petits devant la taille du vaisseau, mais lui-même le cédait largement à la masse du Temple. où il n'entrerait donc pas, comme il l'avait d'abord cru. L'adolescent devina qu'il fallait suivre les Frères et il leur emboîta le pas. Madara fit de même, comme si leurs mouvements étaient synchronisés.

9 – Vaisseau aérien croisant dans l'atmosphère.

Le gladiateur s'engouffra à son tour dans la chaloupe, sans attendre d'invitation. Madara sourit intérieurement. Ce monstre fruste commençait à lui plaire, et il en trouverait bien les failles. Comme il en avait deviné la force et l'intelligence.

Aoki contemplait la nuit par l'immense écran de la chaloupe. Ses yeux de Terrien poussiéreux absorbaient avidement l'éclat des points brillants qui criblaient le ciel. Il avait déjà vu ce spectacle au-dessus de la cité certains soirs, et il savait reconnaître ce globe laiteux qu'on appelait la Lune, et le nom de ces points brillants, qui était étoile. Il ignorait pourquoi la nuit s'illuminait ainsi et pourquoi le jour n'était éclairé que d'un seul et énorme point brillant qui se nommait le Soleil. Mais il acceptait son ignorance, car il savait qu'il ne savait rien d'autre que cet émerveillement et cette soif de découvrir. Et il venait de découvrir que le jour était aussi la nuit, lorsque l'on s'élevait dans le ciel.

Près de lui, silencieux, le Grand Prêtre s'absorbait dans ses pensées, observant les réactions d'Aoki. Oui, Madara s'interrogeait sur l'adolescent, il pressentait en lui un destin exceptionnel, à la mesure peut-être des plus hautes ambitions de la Fraternité.

Aoki s'interrogeait, lui aussi. Il se demandait pourquoi le Grand Prêtre l'avait emmené avec lui, à la rencontre de la jonque[10] qui croisait dans la haute atmosphère. Il savait vaguement que la *Sempu*[11] dominait le ciel, mais il n'aurait jamais espéré quitter le sol de terre battue de l'arène pour contempler l'espace depuis une chaloupe de transport. Encore moins depuis une jonque. Madara l'avait sorti de la cité, sans explications, et lui avait simplement dit qu'ils partaient et qu'il devait se préparer à quitter Irina.

— Que sais-tu de l'espace, novice ?

À nouveau Aoki sursauta. L'amplificateur vocal implanté dans la mâchoire du Grand Prêtre l'empêchait de saisir toutes les nuances qu'il reconnaissait si bien chez ceux qu'il fréquentait quotidiennement. Et cet espace de solamétal dans lequel ils étaient

10 – Vaisseau satellite croisant au-dessus de l'atmosphère terrestre.

11 – *Vent léger tourbillonnant,* monopole du transport spatial et des satellites.

enfermés depuis deux heures était nouveau et angoissant pour lui. Oui, il s'était laissé surprendre par la question de Madara, et il ruminait sa réponse.

Et pourquoi m'a-t-il appelé novice ?

— Je sais qu'il est infini et immense. Que la Sempu en détient le monopole. Et que c'est par l'espace que les Exilés ont quitté la Terre.

Aoki espéra que sa réponse avait été suffisamment prudente. Malgré son expérience, il était impressionné par l'autorité de Madara. Et il n'avait aucune idée du pouvoir d'un Grand Prêtre. Les seuls adeptes qu'il ait connus étaient des novices ou des prêtres de rang inférieur. Sans parler des policiers de la Fraternité, ces chiens de garde qui surveillaient les gladiateurs et faisaient régner l'ordre dans l'arène. Il n'osait poser de questions, et savait que c'était là ce que voulait Madara. Le tester. Le jauger. Mais dans quel but ? Il se tourna vers le capuchon noir, relevant la tête car le Grand Prêtre était de haute taille. Il ne le vit pas, mais devina le sourire.

— Tu en sais autant qu'un gladiateur doit savoir. Mais tu n'es plus à Irina. Cette arène perdue au milieu des Terres n'est plus à ta mesure. Aujourd'hui, une vie nouvelle commence pour toi. Je t'ai récupéré pour cela. Mais tu vas subir une dernière épreuve. J'ai besoin de savoir si tu en vaux vraiment la peine.

Il veut faire de moi un adepte. Un initié de la Fraternité. Mais je suis un gladiateur. Jamais un gladiateur n'est entré dans la Fraternité…

Un tourbillon de pensées contradictoires agita l'esprit d'Aoki. Puis il devina qu'il devrait encore combattre et cette perspective familière et rassurante le calma tout à fait. Madara désigna l'écran d'un long doigt ganté de sombre. Aoki se retourna et il pensa que Madara avait bien préparé ce moment.

Devant lui, sur le noir de l'espace piqueté d'étoiles, une immense fleur d'argent déployait ses luisants pétales. La fleur était immense, même pour le vide de l'espace, et Aoki se dit qu'elle devait mesurer plusieurs arènes, des dizaines, voire des centaines. La fleur d'argent flottait dans l'espace, fragile et belle, et la chaloupe s'approchait peu à peu du premier pétale. Il était comme les trois autres relié à un immense corps de métal. La jonque.

— Notre chaloupe est petite, ridiculement petite, novice. La jonque va encore grandir démesurément avant que nous ne l'atteignions. Elle est postée en satellite autour de la Terre. Ce que tu vois, ce sont les voiles solaires qui lui permettent de naviguer indéfiniment, sans aucun carburant ni sans cette maudite énergie qui a martyrisé notre sol !

Aoki sentit la colère dans la voix, mais elle était savamment feinte et dosée. Le Grand Prêtre pouvait essayer son prêche sur lui, il n'était pas dupe.

— Notre chaloupe consomme de la *soler*[12], ce qui lui permet de quitter le sol. Mais elle serait impuissante à naviguer comme la jonque que tu vois. Ses voiles sont bardées de cellules qui lui permettent de capter l'énergie solaire, comme autrefois les voiliers sillonnaient les mers en capturant le vent. Mais il s'agit ici de propulsion photonique. Les voiles recueillent la pression de la radiation du Soleil, et l'utilisent pour propulser la jonque sans effort. Et sans limite de temps ou d'espace.

Aoki admira le discours du Grand Prêtre. Les mots, l'intonation étaient choisis pour montrer l'intérêt qu'il portait à un simple gladiateur, mais l'inflexion et la brièveté des phrases recelaient l'autorité, et l'affirmation de son rang. Un maître s'adressant à un élève qui a tout à apprendre. Il le laissa poursuivre.

— Notre chaloupe possède les mêmes voiles, mais naturellement elles sont plus petites. Tu ne les as pas vues lors de notre départ, car elles ne se déplient que dans la haute atmosphère. La soler permet de déplacer nos chaloupes spatiales et nos véhicules terrestres, mais nous n'avons pas encore trouvé le moyen de stocker l'énergie du Soleil en grande quantité. Dans l'espace, la voile recueille indéfiniment les radiations lumineuses. En les pilotant adroitement, les voiles pourraient théoriquement nous emmener

12 – Solar energy, l'énergie tirée du Soleil.

aussi loin dans l'univers qu'il contient d'étoiles. À une vitesse incroyable, en l'absence du frottement dû à l'atmosphère.

Aoki nota l'utilisation du *nous* par le Grand Maître. Il l'incluait donc déjà dans la Fraternité Noire. Il se demanda une nouvelle fois ce qu'il comptait faire de lui. Il risqua une question.

— Est-ce ainsi que les Exilés ont quitté la Terre ?

— Non, novice. Ils ont utilisé l'énergie maudite. La *Ligue de la Foi*[13] les a jugés et condamnés. S'ils s'avisaient de revenir, ils seraient soumis au martyre !

La colère semblait réelle cette fois. L'adolescent jugea prudent de ne pas insister. Lorsqu'un membre de la Fraternité utilisait son nom officiel, la doctrine était en jeu, et il valait mieux ne pas la discuter. Il se concentra sur l'écran et devina que le moment était proche.

La fleur d'argent recouvrait tout l'espace et l'on apercevait distinctement le corps de métal de la jonque. Elle était gigantesque, et pourtant si petite au cœur de ses voiles. Aoki savait qu'il existait plusieurs autres bâtiments semblables dans la haute atmosphère de la Terre. Les jonques de la Sempu lui permettaient de surveiller l'ensemble de la planète et de maîtriser les communications mondiales, de recueillir du renseignement militaire et d'analyser la dégradation catastrophique du climat dans les zones désertées par les Exilés. Un pouvoir énorme. On disait aussi que les jonques, loin de n'être que des satellites, étaient capables de relier d'autres terres dans l'univers. Mais il savait aussi que la Ligue de la Foi prohibait sévèrement le voyage dans l'espace.

Y a-t-il des arènes, aussi, là-bas ?

Comme les consortiums terrestres régnaient sur le sol, celui de la Sempu contrôlait tous les moyens de transport aériens, y compris les chaloupes de la Fraternité. L'adolescent se demanda quels étranges accords liaient les deux entités.

— Nous arrivons. Prépare-toi.

---

13 – Aussi appelée Fraternité Noire (voir 5).

Aoki comprit le message. Il regagna sa cabine, laissant le Grand Prêtre seul devant l'écran. Il récupéra ses armes et ses protections. Il hésita. Devait-il prendre aussi la ceinture d'énergie ? Non, elle était réservée aux entraînements. Il avait obtenu la sienne l'année précédente, accédant au rang des gladiateurs de valeur. Il avait le droit de l'utiliser, mais il pressentait que ce n'était pas un entraînement qui l'attendait sur la jonque. Il la laissa dans la cabine et rejoignit Madara. Ce dernier l'entraîna, sans un mot.

Ils attendirent l'ouverture du sas. Un choc sourd les avertit que la chaloupe s'était abouchée au gigantesque corps argenté. La porte s'ouvrit dans un bref chuintement.

À la sortie du sas, trois gardes les attendaient. Leur uniforme bleu était frappé à la poitrine du symbole de la Sempu. Deux ailes argentées déployées dans un cercle rouge. À leur ceinture, pas de foudroyants ou de grenades soler, comme en utilisaient les policiers de la Fraternité. Il devina que leur utilisation était incompatible avec les murs de solamétal.

Mais quelles sont leurs armes ?

Les cinq hommes parcoururent un long couloir aux murs luisants. Aoki se demanda comment on pouvait réunir autant de solamétal en un seul lieu. S'il savait que ce métal obtenu par fusion était rare et cher, il n'avait pas la moindre idée de la façon dont on le fabriquait. Un gladiateur n'était pas censé savoir plus que la bonne manière de combattre. Et de mourir. L'adolescent, pourtant, était curieux et intelligent. Et attentif aux leçons de Kagi.

Le couloir s'étirait sur une ligne droite apparente et interminable, mais, malgré la pesanteur inhabituelle, le gladiateur sentait ses muscles s'adapter à une légère courbure en arc de cercle, dénotant qu'ils longeaient la limite extérieure de la jonque. Le couloir finit par les mener à une porte à double battant. Avant de se retirer, les gardes les introduisirent dans une vaste salle circulaire, ceinturée de gradins. Une dizaine de membres de l'équipage étaient rassemblés, et sur les meilleures places attendait un couple. Madara fit signe à Aoki de se tenir au centre de l'arène, et s'adressa au couple :

— Afdal, je te salue, et vous aussi, Madame.

L'homme et la femme inclinèrent légèrement la tête. Aoki lut en eux la puissance et l'arrogance indifférente des *Minekos*, la caste des privilégiés. Ils étaient richement vêtus, avaient des gestes fins et raffinés. La femme, une quadragénaire encore fraîche, arborait un maquillage sophistiqué comme Aoki n'en avait jamais vu encore. Les riches oisives qui venaient assister aux spectacles dans les arènes étaient rares. Elles préféraient les combats privés. Afdal devait être le propriétaire de la jonque et cela faisait de lui l'un des plus puissants parmi les puissants. Le fait que Madara l'ait salué en premier soulignait son rang. Mais il l'avait tutoyé, et s'était de fait placé en égal. Intéressant. Afdal se leva et déplia les pans de son costume de soie. Sa manière à lui de démontrer sa richesse et son raffinement. Aoki n'avait jamais vu de soie, lui ne connaissait que le cuir et le chanvre qui ceignaient le corps des gladiateurs et le lin qui tissait les vêtements des Frères. Les spectateurs d'Irina n'étaient pas mieux vêtus que lui, c'était le rebut de la cité. Ici, c'était un autre monde, et Aoki se demanda s'il serait moins féroce.

Près du maître des lieux, l'épouse d'Afdal fixait Aoki, un vague sourire aux lèvres. L'adolescent ne se faisait guère d'illusions, ces gens-là devaient être aussi friands de sang que le peuple des cités. Mais il lisait autre chose encore dans ses yeux, un mélange de dégoût et d'excitation. Il tourna le regard, écœuré.

— Maître Madara, bienvenue sur ma jonque. Je vous présente mon épouse, Aiko. Je vous en prie, prenez place. Et profitons du spectacle, nous l'avons bien mérité après tous ces mois dans l'espace !

La voix d'Afdal était précieuse et affectée, mais n'avait pas la pureté de celle du Grand Maître. Madara, comme les membres de la haute hiérarchie de la Fraternité, maîtrisait le langage et ses subtilités, et Aoki savait que plus on se hissait dans les degrés de maîtrise, plus le discours devenait secret, subtil, codé. Il se dit que Madara lui apprendrait beaucoup, et il se tint prêt à toute éventualité. Il nota qu'Afdal venait de mettre une distance en ne reprenant pas le tutoiement. C'était fascinant !

Le Grand Prêtre répondit à l'invitation, et Aoki se retrouva seul dans l'arène. Habitué à la terre battue d'Irina, il essayait de ressentir le sol de solamétal sous ses pieds, afin d'anticiper ses déplacements. La chaleur était modérée, et il regrettait le froid glacial de son arène. Une légère odeur irritait ses narines, mélange de relents inconnus provenant sans doute des rouages des machines. L'arène était petite, et il en calcula d'avance les possibilités.

Il était prêt. Mais qui serait son adversaire ?

— Novice, prépare-toi à combattre.

Il était d'usage qu'un propriétaire ne s'occupe que de son combattant. Aoki savait qu'Afdal ne lui adresserait pas la parole. Il parlerait seulement à son gladiateur. Et c'est ce qu'il fit.

— Djalil !

Un mouvement se fit de l'autre côté de la salle circulaire. Une silhouette pénétra dans l'arène. Énorme, et d'une taille gigantesque. L'homme s'avança dans la lumière, et Aoki ne put s'empêcher de frémir. Djalil était un véritable colosse. Il devait peser une fois et demie le poids d'Aoki, et le dépassait de deux bonnes têtes. Bien plus grand encore que Madara. Il était massif et bardé de muscles qui saillaient sous une peau brune et luisante. Mais la face était inexpressive et Aoki se demanda quelle était sa valeur de combattant. Djalil avait une bonne dizaine d'années de plus que lui, mais un type comme celui-là devait peu avoir l'occasion de rencontrer des adversaires à sa taille, et il doutait qu'il n'ait jamais eu à solliciter toutes ses ressources. Le combat ne serait peut-être pas si inégal que ça.

Les deux combattants étaient maintenant côte à côte, et Aoki entendait les ricanements des techniciens. Il s'en moquait. Personne, jamais, n'avait pu le déstabiliser. Il avait laissé toutes ses peurs dans l'arène, les premières années, lorsque les gladiateurs plus âgés s'étaient acharnés sur lui. Il attendit, reniflant les effluves de son adversaire.

Afdal, toujours debout, lissa une fois encore les pans de son costume, savourant la situation. Puis il prononça le mot du combat :

— *Shimei* [14] !

Un murmure approbateur parcourut l'assemblée. L'épouse d'Afdal sourit un peu plus. Madara n'eut pas une réaction. Tout devait être arrangé à l'avance. Shimei ! Le duel à mort. Pas de protection, pas de règles, pas de recours. L'issue était la victoire pour l'un et la mort pour l'autre. Parfois pour les deux... Le Shimei était le luxe des amateurs de combat. Il fallait être très riche pour sacrifier un gladiateur de valeur. Aoki avait déjà tué, pour sauver sa propre vie. Mais il n'avait jamais vaincu par Shimei. Il n'en avait jamais eu besoin.

Près de lui, Djalil n'avait pas bronché. Mais il sentit un léger changement dans son odeur. Un peu plus d'acidité. Ce n'était pas la marque de la peur, car Djalil ne devait pas la connaître. Mais celle du stress. Lui non plus n'avait jamais fait le Shimei. Ils étaient donc à égalité. Sur ce plan-là.

Afdal fit un signe à l'un des techniciens qui s'avança dans l'arène pour faire office d'arbitre. Il n'aurait d'ailleurs que peu de travail, et ne prononcerait qu'un seul mot, celui du début du combat. Les deux gladiateurs posèrent leurs protections en dehors de l'arène, et sélectionnèrent les trois armes permises par les lois sacrées des gladiateurs. Aoki choisit le *katana*[15], le *saï*[16] et le *tanto*[17], son couteau court au manche recouvert de bandelettes de cuir. Djalil choisit aussi le katana, mais porta ensuite son dévolu sur le *bo*[18] et la *yari*[19]. Des armes longues, songea Aoki. Il compte sur sa taille et sur celle de ses armes.

Puis les deux hommes se firent face, à la distance réglementaire. Djalil riva ses yeux dans ceux d'Aoki, mais celui-ci ne releva pas le défi, préférant la vision large, le champ visuel qui lui permettrait de prévoir chacun des mouvements du colosse.

---

14 – Duel à mort, sans règles.

15 – Sabre (arme favorite des combattants).

16 – Arme défensive à deux crochets pour bloquer une autre arme.

17 – Couteau.

18 – Bâton.

19 – Lance.

— *Hajime !*[20]

Le combat commençait.

Aoki et Djalil dégainèrent le katana, le colosse tenant dans l'autre main la longue lance. Les deux gladiateurs se déplaçaient lentement sur le côté, cherchant et jaugeant le rythme de l'autre, la longueur des pas, la souplesse des mouvements. Aoki se méfiait de l'amplitude de la yari et cherchait à deviner la première attaque. Il tenait le katana à deux mains, se déplaçant avec lui comme un partenaire de combat. Les yeux de Djalil cherchaient toujours celui de l'adolescent et il commençait à s'impatienter. Il accéléra légèrement son allure et manœuvra la yari en garde haute. Aoki gardait son rythme, attentif à ne rien laisser deviner de ses intentions. Djalil lança la première attaque, et Aoki fut surpris de sa rapidité. La lance fouetta l'air à quelques millimètres de l'oreille gauche de l'adolescent. La parade avait suffi, mais Aoki redoubla de prudence.

Je n'ai aucune chance si je reste à distance !

Il commença à se rapprocher imperceptiblement de Djalil, entrant peu à peu dans son champ de défense, gardant le katana d'une main et prenant le saï de l'autre. Le colosse sentit l'inutilité de la lance et attaqua de l'autre main, d'un large mouvement circulaire. Aoki bloqua facilement du saï, et lança en avant la lame de son katana. Surpris, Djalil dut reculer et Aoki profita de l'occasion pour doubler sa première attaque en avançant sur son adversaire. Djalil recula encore et jeta sa yari avec un cri de rage. D'un geste vif, il dégaina le bâton court et porta deux attaques coup sur coup. Aoki esquiva facilement et entra un peu plus dans l'aire de défense de Djalil. La colère du colosse était maintenant visible, et il lui laissa libre cours. D'un bond, il fut sur Aoki, katana levé, prêt à trancher le crâne de son adversaire. Aoki brisa la distance et entra dans l'ouverture. Dans le même geste, il esquiva avec le saï et enfonça le katana dans la poitrine brune et lourde. Djalil hurla et recula, le bo en protection devant lui. Aoki sentit une vive douleur. Le bo l'avait touché à la tête, et le coup avait été donné avec toute

20 – Commencez !

la force dont était capable le géant. Il se remémora les leçons du Maître d'armes.

Si tu le laisses te frapper une fois, il recommencera ! Sois insaisissable. Laisse-le se fatiguer. Ne frappe que si tu es sûr de toi.

Les deux combattants avaient reculé tous les deux, jaugeant leur blessure. Djalil saignait abondamment, mais aucun organe vital ne semblait avoir été touché. Aoki, lui, ressentait douloureusement le coup à la tête, et il voyait son adversaire à travers un voile rouge. Il rengaina le saï et prépara le tanto. Djalil sentit la victoire à sa portée, et décida de finir le combat rapidement, avant que sa blessure ne devienne un véritable handicap. Il se lança en avant, armes levées, un rictus sur les lèvres épaisses. Aoki calcula l'instant de l'impact, attendit la charge, et sauta sur le côté au dernier moment. Dans le même mouvement, il lança le katana sur le bras tendu tenant le bo. Le voile rouge avait faussé son appréciation de la distance et il ne toucha que le bâton. Il tomba sur le sol de solamétal, et le contact froid le revivifia quelque peu. Il se releva et, d'un coup de pied, lança le bo hors d'atteinte puis recula, à bout de souffle.

3 – La cité des Zans

« Nous ne voyons que ce que nous sommes,
pas ce que nous avons sous les yeux. »
(Livre de Choden)

À nouveau, les deux gladiateurs se mesurèrent. Djalil semblait faiblir, sa blessure coulait largement sur la poitrine. Mais il était encore redoutablement dangereux, et Aoki admirait sa vitesse et sa résistance. Djalil n'avait pas repris la yari, conscient qu'elle était inefficace face à Aoki. Il tenait son katana à deux mains et se préparait à reprendre l'attaque. L'adolescent d'Irina, encore sonné par le coup, attendait. Le temps jouait pour lui. Il sentait maintenant à distance l'odeur du colosse, forte et acide. Pleine de stress et de colère. Mais toujours pas de peur. Il était courageux. Aoki respectait cela. Le géant fonça, katana haut levé, se préparant à une nouvelle esquive de côté. Mais l'adolescent accepta l'attaque et les deux lames de solamétal s'affrontèrent. Malgré sa taille, Aoki était doué d'une force étonnante, et Djalil, décontenancé, brisa son élan pour regrouper toute sa puissance. Le duel des épées continua, et les armes hurlaient colère et violence. Aoki jeta toute sa science dans la balance et, profitant d'une ultime attaque de Djalil, il enroula sa lame autour de celle de son adversaire. Une simple torsion du poignet et le katana s'envola.

Désarmé, épuisé, Djalil attendait la mort. Il se demanda si elle viendrait du katana ou du tanto. Il baissa les bras et attendit, les yeux dans le regard d'Aoki. Cette fois, il n'y avait nul défi, nulle colère. Rien qu'une attente calme et sereine. Aoki se dit qu'il aurait aimé connaître cet homme dans une véritable arène. Le silence inonda la salle et Aoki sentit le regard des spectateurs pesant sur ses bras. Un murmure de ressentiment ondula sur le groupe. Quelques-uns se levèrent. Aiko hurla, d'une voix proche de l'hystérie :

— Tue-le !

Le ton aigu vomissait la soif de sang, et d'autres appétits plus cachés. Aoki sentit naître un profond dégoût pour ces êtres frustrés de vie et d'énergie. Il recula et tourna les talons pour lui répondre :

— Je ne tue pas un homme désarmé !

Aiko eut un mouvement de surprise. Qui était ce gladiateur, qui connaissait la langue des maîtres du monde ? Mais elle reprit, avec toute la morgue dont elle était capable :

— Ce n'est pas un homme, c'est un gladiateur !

Madara se leva lentement, troublé.

Il a vaincu ! Et il défie la mort ! Se pourrait-il qu'il soit celui que nous attendions ?

Afdal fit de même, et les deux hommes se toisèrent. Le Grand Prêtre parla le premier :

— Je réclame la vie de Djalil, il a été vaincu. Le combat a été loyal.

Afdal s'emporta :

— Votre gladiateur est insolent, Maître Madara. Je le réclame pour mon épouse !

Madara ne répondit pas. Le visage d'Aiko se colora de rouge; Aoki y lut clairement un mélange de sadisme et de désir sexuel. Ses yeux étonnamment fixes brillaient d'une lueur malsaine, et Aoki se demanda ce qu'elle faisait des gladiateurs après les avoir consommés. Il se dit qu'il préférait mourir dans l'arène, quitte à se trancher la gorge lui-même.

Le silence de Madara sembla conforter Afdal dans sa requête, et il interrogea le Grand Prêtre d'un regard perçant et arrogant. Lentement, Madara déploya sa longue silhouette et se dirigea vers l'arène. Il s'approcha d'Aoki. Le geste fut rapide, à la limite de la vision, et le gladiateur surentraîné ne put pas même lever un bras. Madara posa seulement son doigt à la base du cou épais, et Aoki s'écroula comme un pantin dont on aurait lâché les cordes.

À terre, Aoki commença à ressentir une vive douleur qui se propagea rapidement du cou jusque dans tout le corps. Au fur et à mesure que l'inondait la souffrance, elle gagnait en intensité, et Aoki banda ses muscles pour résister. Il n'avait jamais ressenti un tel supplice, ne croyant pas même qu'il fût possible. Ses muscles se tordirent comme des serpents dans un nid, ses terminaisons nerveuses s'embrasèrent, ses articulations semblant broyées comme dans les mâchoires d'une gueule monstrueuse. Autour de lui, le monde disparaissait. Il ne voyait que le plafond froid et nu de l'arène, n'entendait plus que la pulsation du sang dans ses oreilles. Plus rien n'existait d'autre que sa souffrance, et le temps n'était plus qu'une morsure qui fouaillait son corps et ses sens, le dominait et le martyrisait sans qu'il puisse lutter. Sa conscience même semblait se dissoudre, et il avait oublié que quelque chose avait précédé cette horreur. L'éternité était douleur, et la douleur était l'univers.

Et puis elle reflua presque aussi vite qu'elle était apparue, et Aoki comprit que Madara avait de nouveau touché son cou. La souffrance diminua rapidement, mais une intense fatigue le clouait au sol et l'empêchait d'esquisser le moindre geste. Malgré sa force et sa longue expérience du combat, il comprit qu'il n'était rien encore devant la puissance du Grand Prêtre. Il resta donc allongé sur le sol de solamétal, impuissant et épuisé.

Madara se redressa et s'adressa à tous les témoins de la scène :

— La souffrance est le seul chemin et le martyre la seule voie. Le Temple est l'unique garant de la rédemption pour ce monde terrible et sans avenir. Nous devons baisser la tête devant le châtiment et le remercier pour avoir une chance d'être sauvé. Nul ne peut s'y soustraire, et la rébellion est un des pires crimes qui soient.

Les paroles résonnaient lugubrement dans la salle et l'amplificateur vocal utilisait les harmoniques de la persuasion et de la peur. Madara fit quelques pas, puis continua, comme s'il parlait à présent pour lui seul :

— Vient le temps où tous devront plier. Prêtres, hommes d'armes, privilégiés, plèbe. Toutes les castes.

Aoki tentait de récupérer. Les paroles du Grand Prêtre ne s'adressaient pas à lui, il le savait. Il l'avait puni et humilié pour le plaisir d'Aiko et l'orgueil de son mari, mais cette démonstration de force servait également à affirmer son pouvoir. Celui de l'hégémonie et de la puissance du Temple. Il se demanda jusqu'où irait la Ligue de la Foi et il pressentit que Madara était en train de défier jusqu'à la puissance de la Sempu. Pourtant, ils étaient ici entre les mains d'un de ses représentants ! Comment allait réagir Afdal ?

Le silence était retombé après les dernières paroles de Madara. Aoki vit Afdal se déplacer vers l'un de ses techniciens. Ce dernier disparut de la salle. Afdal reprit, et sa voix avait repris l'arrogance qui seyait à son rang.

— Maître Madara, nous avons tous ici apprécié le spectacle. Je reconnais volontiers que vos méthodes sont... disons, efficaces. Mais nous ne sommes pas sur Terre et l'heure n'est pas aux pèlerinages et aux rituels.

Aoki n'en croyait pas ses oreilles. Cette fois, Afdal défiait ouvertement le Grand Prêtre et s'apprêtait visiblement à reprendre la main dans ce duel autrement plus tortueux que celui de l'arène. Il attendit la suite, se demandant comment Madara allait sauver sa peau. Tout Grand Prêtre qu'il fût, il n'avait aucune chance devant les mercenaires de combat qui défendaient le satellite. Mais l'homme aux yeux dissimulés par le capuchon ne sembla pas s'émouvoir des paroles du maître des lieux. Afdal continua :

— Maître Madara, vous êtes mon hôte, et la courtoisie m'oblige à vous raccompagner avec tous les honneurs qui vous sont dus. Je considère cependant que la vie de ces deux gladiateurs m'appartient, et je vous saurais gré de bien vouloir accepter ma décision. Sagement.

— Novice, relève-toi. Et toi, Djalil, récupère tes armes. Nous partons.

Ahuri, Aoki s'aperçut que ses muscles répondaient à ses sollicitations, que la fatigue avait disparu et que la douleur n'était plus qu'un cruel souvenir. Il se releva et vit Djalil obéir au Grand Prêtre. Un affrontement se préparait. Mais il avait l'intuition que tout cela n'était aussi qu'une comédie, et le pantin remis debout qu'il était n'avait fait que jouer un rôle dans un plan élaboré à l'avance. Il se demanda ce que Madara cachait dans les méandres de sa robe et dans ceux de son cerveau. Les prêtres de la Fraternité ne laissaient décidément rien au hasard. Madara l'avait qualifié de novice, et cela lui conférait désormais la protection de la Fraternité.

Dans la salle, une agitation gagnait les techniciens et l'épouse d'Afdal. Seul ce dernier conservait un calme approximatif, semblant attendre quelque chose. Comme pour lui donner raison, une escouade de gardes apparut dans la salle.

Les mercenaires cernèrent l'arène et ses occupants. Aoki comprit à présent quelles étaient leurs armes. Il savait que la Sempu, comme tous les puissants consortiums, recrutait les meilleurs gladiateurs pour assurer sa sécurité. Et, tout comme lui et Djalil, ils arboraient les lames de solamétal utilisées dans les arènes. Trois hommes, même avec l'expérience des deux combattants et la redoutable habileté du Grand Prêtre, n'avaient aucune chance devant une trentaine de mercenaires.

Mais peu lui importait, il savait depuis longtemps qu'il mourrait au combat, et ce moment n'était pas plus mauvais qu'un autre. Il dégaina son katana et son tanto pendant que Djalil se préparait lui aussi au combat.

Madara restait de marbre, comme à l'accoutumée. Il attendit que tous les gardes se soient déployés puis, dans le silence revenu, il activa sa ceinture d'énergie. Nulle arme ne pourrait pénétrer le champ de force qui entourait le possesseur d'une ceinture. Mais sa possession interdisait aussi à son détenteur d'utiliser ses propres armes. Aoki se sentit vaguement déçu. Madara allait-il laisser combattre ses gladiateurs pendant que lui serait à l'abri ? Il affermit sa main sur la garde du katana et décida de passer à l'attaque. La vie ne valait d'être vécue que dans la décision, et les choix du gladiateur ne dépendaient pas du culte de la souffrance loué par la Fraternité Noire. Combattre et mourir, c'était le destin d'un gladiateur et, à y bien réfléchir, celui de tout homme libre.

Suis-je déjà un homme libre ?

Pourtant, malgré toute sa volonté, Aoki ne put bouger d'un seul centimètre. Près de lui, Djalil n'arrivait pas plus à mobiliser sa haute stature. En face d'eux, les mercenaires semblaient figés dans la même impuissance. Afdal commençait à s'impatienter, mais Madara le devança.

— Hommes de la Sempu ! Ne provoquez pas la colère du Temple ! Les prêtres disposent de pouvoirs dont vous n'avez nulle idée…

Les gardes étaient visiblement décontenancés, se demandant par quelle puissance Madara pouvait les tenir à distance. Aoki savait que les prêtres de hauts rangs cachaient sous leur robe quantité de mécanismes qui restaient invisibles aux yeux des profanes. Cela les rendait plus redoutés encore, et beaucoup murmuraient qu'ils détenaient des pouvoirs magiques ou surnaturels. Le gladiateur d'Irina ne croyait pas à ces fables, et il savait que tôt ou tard, Madara devrait trouver autre chose pour sauver leur peau. La ceinture d'énergie des prêtres semblait bien différente de celle que l'on accordait aux gladiateurs, mais finirait par épuiser sa charge.

— Afdal !

La voix de Madara claqua une fois encore. L'amplificateur était à son maximum, et Aoki ressentit jusque dans la moelle de ses os la fréquence très basse qui parcourait le corps d'ondes de peur.

— Crois-tu retenir un Grand Prêtre ? Ne sais-tu pas que La Ligue a des fidèles jusque dans la Sempu ? Je suis en ce moment en communication avec le technicien qui pilote ta jonque, et je m'apprête à prendre le contrôle de ce bâtiment.

— Foutaises !

Le silence se fit, brièvement. Madara savait doser ses effets. Puis il lança l'ordre :

— Tombez les voiles !

Lentement, la salle sembla basculer. Libérés de l'emprise de Madara, les occupants tentaient de recouvrer leur équilibre. Puis le mouvement se stabilisa, et tout redevint immobile. Tous se regardaient, attendant la suite.

— Ta jonque est désormais immobile, Afdal. Les voiles se replient, et il sera bientôt impossible de reprendre le vol. Que comptes-tu faire ?

Afdal ne répondit pas, incrédule. Pourtant, l'un de ses techniciens lui confirma l'arrêt de la course de la jonque. Il finit par reprendre la parole, vaguement inquiet.

— Que veux-tu, Madara ?

— Nous allons quitter le vaisseau, avec ton pilote. Il reprendra la manœuvre de tes voiles dès que nous serons en sécurité dans la chaloupe. Il te reste environ treize minutes pour prendre la bonne décision.

Ce Grand Prêtre avait tout préparé dans le détail, et il a pris des tas de risques pour moi… Mais dans quel but ?

Une fois immobilisée, la jonque n'aurait plus la possibilité de reprendre du mouvement, et ne serait plus qu'une masse inerte, incapable de croiser à nouveau. Aoki savait que le transport spatial était vital pour la Sempu, et qu'une jonque immobile serait une catastrophe. La vie d'Afdal ne vaudrait plus rien quand le consortium commencerait à enregistrer des pertes sèches. Il n'avait pas le choix.

Que trouve-t-on de si précieux dans l'espace ?

— Toi et tes gladiateurs, foutez le camp ! Si jamais je vous retrouve…

— Garde tes menaces, Afdal. C'est la Ligue qui te retrouvera. Quand elle le voudra.

Tout était dit.

Les Terriens regagnèrent rapidement la chaloupe, et le pilote dirigea la manœuvre à distance, sur un boîtier de contrôle. Par l'écran, Aoki regarda longtemps s'épanouir les pétales d'argent. Il pensait à sa vie passée dans l'arène d'Irina.

Quant à Madara, il contemplait son propre visage. Le miroir encastré dans le mur de solamétal lui renvoyait une image désormais plus familière. Il reconnaissait encore les pommettes hautes et les yeux bridés, mais la texture de la peau était différente, les rides inexistantes et les cheveux aussi noirs qu'avant. La science des *Kimagure* faisait des miracles, Madara devait le reconnaître. Même s'il se méfiait au plus profond de lui de ces savants arrogants et impies. Le jour viendrait où eux aussi devraient disparaître. Mais pour le moment, il admirait le changement produit par le sérum. Certes, son visage remodelé était plus plaisant, mais il s'en moquait. Il s'intéressait plus à ce que son corps était devenu. Plus grand, plus fort, plus rapide. Et plus résistant, l'âge ne comptait plus dans les soucis de Madara. Il s'étonnait à peine maintenant de ce corps jeune et souple qui dissimulait les soixante-dix années de son existence. Il ricana intérieurement. Ceux qui avaient commencé trop tôt ne connaissaient pas tous les avantages du sérum.

Madara délaissa le miroir et retourna dans le poste de pilotage de la chaloupe. Les techniciens s'affairaient à la manœuvre de redescente dans l'atmosphère. Aoki et Djalil attendaient devant de vastes hublots. Leurs armes leur avaient été rendues et attendaient à leurs pieds. Ils semblaient fascinés par le ciel semé de lueurs étranges.

Les logos lumineux recouvraient à présent toutes les cités des *Zans*[21]. Madara reconnaissait là le symbole de leur déchéance et l'annonce de leur fin inéluctable. Les Zans. *Ceux qui restent*. Ceux qui s'accrochent à leur mode de vie ancien et dépassé, à leur futilité aveugle et sans espoir. C'était pourtant la Sempu qui avait disséminé au-dessus de leurs têtes les nanosatellites qui déployaient leurs voiles réfléchissant la lumière du soleil situé derrière l'horizon. Chacune écrivant son message multicolore sur fond noir. Oui, la Sempu faisait de bonnes affaires en occupant le ciel.

21 – *Ceux qui restent*, gouvernement mondial formé sur les restes des pays d'avant la Catastrophe.

Au moins les empêchent-ils ainsi de rêver aux étoiles. On ne peut désirer ce que l'on ne connaît pas.

Madara s'adressa aux deux gladiateurs :

— Vous contemplez les illusions des enfants qui peuplent encore la Terre. Ces jouets lumineux leur servent à oublier leur trop grand nombre.

Il lisait l'incompréhension dans le regard de Djalil. Il ne parlait pas la langue des Prêtres, seulement l'idiome bâtard qui en était dérivé. Ce n'était pour Madara qu'un instrument pratique et stupide. Mais il savait qu'Aoki apprenait vite, sans poser de questions. Il fallait juste distiller l'information à petites doses, sans trop en dire à la fois. Si Djalil ne savait quoi répondre, il devinait dans le silence d'Aoki l'envie d'apprendre et la curiosité de savoir.

— Nous allons survoler de plus près leurs terrains de jeux. Observez, apprenez. Et tenez-vous prêts.

Les deux gladiateurs constatèrent en effet rapidement que le ciel s'éclaircissait rapidement. La chaloupe dévia sa trajectoire et bientôt le bleu se substitua au noir. Aoki s'étonna que le bleu soit à la fois au-dessus et au-dessous. Il ne posa pas de question et la réponse s'imposa seule. Ils survolaient à présent de l'eau, mais de l'eau en une quantité telle que le gladiateur n'aurait jamais pu en concevoir.

— Nous survolons la mer. Bientôt vous pourrez voir les fermes et les résidences des Mikenos.

En effet, au bout de quelques minutes, le bleu de la mer se cribla de points noirs qui grossirent rapidement. La première construction que les yeux d'Aoki purent distinguer était une roue gigantesque dont les rayons de solamétal brillaient au soleil d'un éclat presque aveuglant. La voix de Madara commentait, monocorde et insensible, quasi hypnotique :

— Cette roue a plusieurs fonctions. Elle produit de l'eau douce en dessalant l'eau de la mer. Et on y cultive des fruits et des légumes dans ses rayons. La roue tourne sans fin sur elle-même, exposant les cultures à la lumière solaire. Bientôt, vous verrez les îles artificielles qui permettent la pêche.

Aoki distinguait maintenant ces édifices flottants dont certains semblaient se déplacer. Sans doute possédaient-ils des moyens de propulsion. Aoki ignorait ce qu'était un moteur, mais il pouvait en imaginer le concept. Il apercevait aussi, de plus en plus distinctement, de curieuses tours au sommet desquelles tournaient, ce qu'il croyait reconnaître, des lames de katana. Naturellement, ce n'en était pas. Des strates percées de petites ouvertures s'enroulaient sur les tours.

— Des éoliennes. Elles servent à produire de l'énergie grâce au vent. Et elles sont habitées, les étages pivotent tout autour selon les courants marins.

— Et sous la mer, y a-t-il aussi des habitations ?

La question d'Aoki surprit le Grand Maître. Comme l'esprit de ce gladiateur était subtil ! Il se réjouissait à l'avance de ce que pourraient devenir ce corps grossier et ce cerveau inculte. Entre ses mains expertes.

— Oui, novice. La mer est beaucoup plus vaste que la terre, et plus accueillante, souvent. Des bulles sous-marines dotées d'une atmosphère et pourvues d'habitats et de fermes existent déjà. Des fermes verticales permettent la reproduction et l'élevage du corail, cet animal qui nous sert à comprendre comment on peut augmenter la longévité. Et d'autres cultivent les algues qui servent à produire la nourriture, puis à capter le carbone.

Aoki ne savait pas ce qu'était le « corail », les « algues » ou le « carbone ». Mais il connaissait le mot « longévité » employé par Madara. Il savait surtout que celle d'un gladiateur était proportionnelle à sa valeur de combattant. Et forcément très réduite. Il ne connaissait pas de gladiateurs plus âgés que Kagi. Il se demanda quelle était celle d'un Grand Maître de la Fraternité Noire. Mais il laissa poursuivre Madara.

— Mais c'est encore en surface que nous concentrons nos efforts.

Nous ?

Madara poursuivit sans paraître remarquer l'étonnement du gladiateur. Il décrivit ce que voyaient les hommes, à présent que la chaloupe survolait la mer à très basse altitude. Des paquebots géants longs de plusieurs arènes naviguaient grâce à des voiles captant l'énergie du soleil. Ils abritaient des centaines de passagers, et presque autant d'hommes d'équipage, stockant des dizaines de tonnes de victuailles dans des chambres froides, offrant à leurs résidents des salles de spectacle diffusant les meilleurs combats de gladiateurs, des équipements sportifs, des salles de jeux, des cascades et des rivières artificielles, des patinoires — patinoires ? —, des bars à alcool — bar, alcool ? — et même des héliports pour les chaloupes et les drones. D'autres embarcations étaient de taille plus modeste. Un yacht surgit soudain dans une gerbe d'écume et entreprit une traversée en surface. Un autre quitta la mer et s'envola tel un grand oiseau aux ailes de solamétal. Un troisième glissait avec élégance, déployant de petites éoliennes et une aile de traction à l'arrière. Tous portaient le même symbole, une vague bleue sur fond blanc.

La chaloupe continuait son voyage horizontal. Aoki emplissait ses yeux de découvertes étonnantes et son esprit de questions nouvelles. Il savait désormais que Madara répondrait à toutes ses questions, même les plus informulées. Sauf une, peut-être.

Pourquoi ? Pourquoi ce déploiement constant d'informations ? Pourquoi me montrer ce que le plus grand nombre n'a aucune chance de voir dans toute une vie ?

Il n'incluait pas Djalil dans la question. D'instinct, il savait que le colossal gladiateur ne comptait pas pour Madara. Il n'était qu'une pièce insignifiante dans l'arène compliquée qu'était le cerveau du Grand Maître. Mais il savait, il l'avait compris, que lui, Aoki, gladiateur à peine dégrossi, était appelé à jouer un rôle primordial. Savoir lequel n'était qu'une question de temps. Seule comptait la nécessité de rester en vie, pour un combattant. Il n'avait rien à défendre, hormis son existence.

— Nous rejoignons la côte. Notre but est le Temple d'une cité zan.

Pas de détail sur ce mot nouveau — inconnu — ni sur ce Temple. Il faudrait voir, entendre, réfléchir. Deviner. Mais les remarques méprisantes de Madara étaient une précieuse indication. Le Grand Maître connaissait, comme Kagi, l'art subtil de ne dire que l'essentiel, et Aoki avait compris que ces remarques s'adressaient à lui. Et à son intelligence. Il ne se sentait pas flatté pour autant. Ni plus inquiet du sort qui l'attendait.

Il devinait confusément que sa vie serait un combat dans une arène plus grande : patienter, se tenir prêt, ne connaître de la peur que ce réflexe essentiel qui permet de préserver l'existence.

4 – Le Temple de pierre

« Le monde entier est une arène. »
(Livre de Choden)

Le Grand Maître devait parfaitement connaître les lieux car la côte apparut aux yeux des passagers : une longue bande brune remplaçant l'horizon, séparant le bleu du ciel et celui de la mer. La chaloupe allait plus vite à présent, délaissant les étranges constructions flottantes et les jouets ultrarapides des Mikenos. Puis la bande brune se borda d'un relief et les bâtiments de la cité apparurent. La vitesse diminua un peu, et Aoki put observer la cité. De hautes tours s'ancraient entre des allées aussi larges qu'une arène où circulaient d'improbables véhicules. Les tours étaient surmontées de toits végétalisés, et leurs pans construits en forme spiralée mêlaient aux fenêtres et aux terrasses des vergers et des potagers suspendus. D'autres bâtiments ne semblaient pas destinés à l'habitation : c'étaient de vastes structures transparentes maintenues par une armature en forme d'aile d'insecte et coiffées d'éoliennes. On y distinguait à l'intérieur des productions végétales. Une tour plus haute que les autres, un immeuble en double hélice, se recouvrait de panneaux bleutés, comme les écailles d'un gigantesque reptile.

— Des panneaux solaires rendent cet immeuble autonome en énergie. C'est le siège du gouvernement local zan. Observez le drapeau qui flotte sur le toit.

Une immense bande de tissu flottait au vent, fixée à un long tube de solamétal. Le *Kamon*[22] — symbole des Zans — représentait un rectangle moitié bleu, moitié rouge, chaque moitié encadrant une roue contenant une étoile jaune.

La chaloupe dépassa le bâtiment et amorça lentement sa descente. Aoki attendit avec attention de connaître le but de leur voyage. Près de lui, le grand gladiateur à la peau brune semblait dépassé par le spectacle que lui renvoyaient ses yeux. Il ne disait pas un mot, mais Aoki sentait en lui l'étonnement et la crainte. Sans doute lui aussi n'avait-il connu dans toute sa vie que la terre poussiéreuse de l'arène…

Bientôt la chaloupe se stabilisa au-dessus d'une vaste esplanade au sol gris et plat. Aoki comprit qu'ils allaient se poser au sol : des véhicules volants étaient déjà posés, d'autres attendaient leur tour. Une haute tour dominait l'esplanade, où une multitude de drones venaient s'accrocher comme les insectes d'une ruche grandiose.

Les pilotes de la chaloupe devaient avoir reçu l'autorisation d'atterrir car ils enclenchèrent la manœuvre de descente. Le petit engin s'immobilisa parmi d'autres véhicules volants. La plupart étaient frappés de l'insigne zan. Aucun ne portait le Kumohi, le Soleil Noir de la Fraternité. Madara ordonna aux deux gladiateurs de ceindre leur ceinture d'énergie.

Bientôt, le petit groupe formé des deux gladiateurs et des trois prêtres quitta la chaloupe. Aoki et Djalil respiraient un air nouveau, chargé de senteurs subtiles et inconnues. Ils clignaient des yeux sous le soleil éclatant. L'un des Frères leur fit signe de les suivre. Ils attendirent quelques minutes sur l'esplanade, en silence. Des passagers quittaient leur chaloupe ou le rejoignaient, des véhicules circulaient au sol pour les débarquer ou les emmener. Celui des visiteurs s'approcha. Il ressemblait à un œuf — Aoki en avait mangé une fois, un jour de festin offert à l'arène — et son toit de solamétal était frappé du Kumohi. Il s'immobilisa en silence près des visiteurs. Aoki attendit l'ordre d'y pénétrer, mais

22 – Emblème ; chaque consortium, ou chaque caste possède le sien.

son attention fut attirée par un point noir apparu dans le ciel. D'autres apparurent à la suite et se rapprochèrent du sol. Des *washis*[23]. Un picotement familier parcourut lentement son corps, du plexus solaire jusqu'aux bras puissants : son instinct détectait l'imminence du danger. Il attira l'attention des Frères en désignant le ciel de son doigt. Madara ordonna le déclenchement des ceintures d'énergie.

Les drones s'approchèrent suffisamment pour que le petit groupe puisse constater qu'il s'agissait d'engins de combat. Des tirs fusèrent et se brisèrent sur la protection des ceintures. Les deux gladiateurs sortirent leurs armes, attendant que les drones soient à portée de katana. Un tir atteignit le véhicule, ricochant sur le solamétal blindé. D'autres fusèrent et le pneu d'une roue fut atteint. Aoki dégaina, mais l'ordre de Madara le retint.

— Djalil !

Le colosse se tenait prêt. Il avait compris qu'il tenait là sa chance de prouver sa valeur, après la défaite dans la jonque de la Sempu. L'habileté du gladiateur était redoutable, et Aoki admira l'éclair rapide de la lame du katana. Djalil détourna facilement les tirs, et les drones qui s'étaient approchés de trop près se brisèrent sur le solamétal brillant. Trois gisaient au sol cependant que les survivants quittèrent la bataille et disparurent bientôt dans le ciel. Le groupe désactiva les ceintures alors qu'un véhicule frappé de l'emblème zan s'approchait. Aoki entendit l'un des Frères murmurer :

— *Kimagure*[24] *!*

L'autre acquiesça, mais Madara ne dit mot. Il attendait visiblement les Zans. Lorsque le véhicule s'immobilisa, Aoki remarqua des différences subtiles avec celui de la Fraternité. La forme en était semblablement ovoïde, mais le solamétal paraissait plus mince, de couleur plus foncée. Plus fragile. Madara lui avait dit que les véhicules terrestres étaient fabriqués par la Kuruma, un autre de ces consortiums qui semblaient monopoliser la technologie et

23 – Rapace, drone.

24 – *Capricieux,* scientifiques ; après avoir servi la Ligue de la Foi, certains se sont révoltés contre elle

l'industrie. Quant aux Kimagure, Madara n'en avait rien dit, mais Aoki avait compris que le Grand Maître les exécrait.

Des hommes sortirent du véhicule. Visiblement des soldats, en uniforme gris portant l'emblème zan. Ils ne portaient comme arme qu'un petit thermique et Aoki nota avec intérêt l'absence de ceinture d'énergie. Ils étaient trois qui s'approchèrent du groupe avec circonspection. Aoki remarqua leurs yeux fendus en amande, leur peau jaunâtre et leur relative petite taille. L'un d'eux, visiblement gradé, questionna :

— Vous n'êtes pas blessés ?

— Non, officier, et ce n'est pas grâce à la police zan.

Aoki sentit la subtile ironie, à lui destinée. Encore une information. Il écouta attentivement le dialogue qui suivit entre le Grand Maître et les policiers zans. Mais l'échange semblait banal, et se conclut par la promesse des Zans de tenir Madara informé des résultats de l'enquête sur les débris des drones. Il remarqua toutefois que le registre de langue zan était le même que celui de Madara et de Kagi, mais avec de subtiles différences. Il s'y mêlait des mots inconnus, des accents étranges. Que ce monde était complexe !

Enfin, les policiers quittèrent l'aérodrome, et Madara fit signe aux gladiateurs de pénétrer dans le véhicule de la Fraternité. Aoki regarda la roue qui avait été touchée par le tir. Le pneu s'était auto-réparé et paraissait en aussi bon état que les autres.

Le véhicule quitta bientôt l'aérodrome sans autre problème et s'engagea sur une des larges allées qui quadrillaient la cité. Mais Aoki et Djalil ne purent guère contempler le décor, car les hublots s'étaient occultés. Fallait-il cacher la ville ou protéger les passagers ? Aoki ne le savait pas. Le voyage dura encore quelques dizaines de minutes, et lorsque les hublots laissèrent à nouveau passer la lumière du jour, le bâtiment devant lequel ils s'étaient arrêtés sembla familier aux yeux du gladiateur. Le Temple… ou du moins un autre Temple. Semblable à celui d'Irina, mais à des heures de vol de chaloupe.

Y a-t-il un Temple dans chaque cité ?

Madara et les deux Frères sortirent les premiers, et les deux gladiateurs attendirent. La porte s'ouvrit et ils s'extirpèrent du véhicule. Aoki observa avec amusement les difficultés de Djalil. Ce n'était pas forcément un avantage d'être grand !

À l'intérieur du Temple, le temps semblait arrêté. Ils se tenaient dans une vaste salle, sombre, aux murs de pierre froide qui reflétaient l'éclat de rares luminers. Le silence régnait, et les pas résonnaient sous le haut plafond de plastisol. Le sol était dallé de solamétal, et les pieds nus d'Aoki étaient aussi désorientés que sur celui, bétonné, de l'aérodrome.

Une Sœur s'approcha, aussi silencieuse que Madara, et Aoki remarqua la robe, différente de celle d'Arya et Mira. Et lorsqu'elle parla, ce fut d'une voix profonde, grave, aux inflexions chargées d'autorité. Aoki s'étonna du ton qu'elle employait pour s'adresser au Grand Maître. Elle lui parlait d'égale à égal, et sa voix traduisait tout autant l'intelligence qu'une expérience infinie. Son capuchon dissimulait son visage, mais le gladiateur pressentit que cette femme était âgée. Très âgée.

— Le *Shudo On'na*[25] est heureux de vous accueillir, Madara.

— Je vous remercie, Priya, nous apprécions votre hospitalité.

— Priez vos compagnons de venir se reposer et se restaurer, et faites-moi l'honneur de vous faire visiter le Temple.

— Qu'il en soit ainsi.

Madara fit un geste, et les deux Frères emmenèrent Djalil et Aoki toujours chargés de leurs armes et de leurs protections. Ils les firent entrer dans une petite pièce démunie de meubles où seul un tapis de chanvre couvrait le sol. Ils s'y assirent. Aoki apprécia le moelleux du tapis tissé du soleil rouge de l'*ordre du Temple*. Presque aussi silencieuses que Prya, deux Sœurs pénétrèrent bientôt dans la salle, les bras chargés de plats et de récipients. Elles les déposèrent devant les visiteurs. Elles étaient jeunes, très jeunes, des novices sans doute, vêtues d'une simple robe attachée à la taille par une ceinture et leurs pieds nus foulaient le sol sans paraître même

25 – Ordre féminin de la Ligue de la Foi.

le toucher. Leurs yeux curieux contemplaient les hommes sans vergogne. La plus grande des deux dévisagea Aoki avec une curiosité non dissimulée. Mais elle ne parut pas surprise, non plus que rebutée par l'apparence physique du gladiateur. Aoki lui rendit son regard. S'il avait pu se regarder dans un miroir, il aurait constaté que l'adolescente lui ressemblait sur un point. Son crâne était aussi volumineux que celui du gladiateur, et sa masse était à peine adoucie par la cascade de longs cheveux noirs qui lui arrivaient aux épaules. Pour le reste, elle était aussi belle qu'Aoki était laid. Son fin visage semblait dessiné, à peine esquissé, sa peau très fine recelait des nuances dorées, comme celui que le gladiateur contemplait parfois dans le soleil couchant. Mais ce qui retint l'attention de l'adolescent, c'était les yeux de la jeune fille. Aussi finement dessinés que sa bouche et son nez, ils s'étiraient à leurs extrémités et donnaient à la jeune fille un charme étrange et hypnotique.

— Sers-toi, Aoki.

L'adolescent accusa la surprise, aussi décontenancé par la beauté de la jeune fille que par le fait qu'elle connaisse son nom. Il baissa les yeux, découvrant le plat que lui montrait la jeune fille. Il était rempli d'une nourriture qui paraissait délicieuse et inconnue. Il prit le plat avec un peu de maladresse et le posa sur ses jambes pliées. Cela fit rire la jeune fille.

— Tu devais simplement te servir une part, mais si tu peux tout manger, ce n'est pas grave !

L'adolescent ne sut quoi répondre, et son visage se mit à rougir intensément. Cela fit de nouveau rire la jeune fille, mais, loin de lui en vouloir, il lui en fut reconnaissant car il aima la cascade fraîche de son rire et les yeux qui se plissaient un peu plus.

Elle s'éloigna un peu pour servir Djalil, assis près d'Aoki. Ce dernier baissa les yeux sur son plat et entreprit d'en dévorer le contenu. Et lorsque la jeune fille reparut devant lui, elle rit de nouveau en constatant que le gladiateur avait vidé le plat. Elle lui en tendit un deuxième au contenu aussi appétissant que celui du premier.

— Tu peux finir celui-là aussi, si tu veux. Mais prends ton temps…

Elle avait parlé en souriant et Aoki lui en fut à nouveau reconnaissant. Il recommença à manger, se forçant à des gestes plus lents. Il fut surpris par le goût de ces aliments, inconnu et savoureux, et il fut tenté d'en demander le nom à la jeune fille. Mais il n'en eut pas le temps.

— Je m'appelle Ananda. C'est moi qui te servirai désormais.

Et elle quitta la pièce sur un dernier sourire.

Djalil ricanait à côté de lui. Mais il s'en moquait et suivit des yeux la mince silhouette quittant la pièce, silencieuse et aérienne. Il termina son repas avec plaisir, ne pouvant détacher son esprit des yeux finement bridés, de la silhouette souple, et du rire cristallin qui avait découvert des dents d'un blanc éclatant. Et puis Aoki réalisa ce que signifiait la dernière phrase de la jeune fille. Ainsi donc, il la reverrait. Un large sourire étira ses lèvres épaisses, et Djalil ricana de plus belle. Aoki lui cloua le bec :

— Et toi, qui va te servir ?

Le colosse ricana encore un peu et puis se plongea dans son assiette. Les deux Frères n'avaient pas prononcé un mot et finissaient leur repas sans paraître s'occuper des deux gladiateurs. Aoki se demanda ce que Madara pouvait bien dire à la Supérieure. Et ce que pouvait signifier la remarque d'Ananda. Puis la silhouette un peu voûtée de Prya se dessina devant lui. Aoki ne l'avait pas vue ni entendue venir. Les Sœurs paraissaient aussi redoutables que les Prêtres, et le jeune homme se demanda quel était leur rôle dans la Fraternité. Sans un mot, elle fit un geste et les deux silhouettes capuchonnées de noir se levèrent. L'un des deux Frères posa une main maigre sur l'épaule musculeuse de Djalil, et le grand gladiateur se leva. Aoki se leva aussi, par déférence envers la Supérieure, mais il réalisa que lui devrait rester ici. Au Temple. Et cette idée lui donnait le vertige.

Les trois hommes quittèrent la pièce sans un mot et Aoki se demanda s'il reverrait Djalil. Il appréciait cet être fruste et courageux. Et puis il attendit, essayant de décrypter le silence de Prya.

Elle s'approcha de lui, à le frôler, et Aoki soutint son regard perçant. Son visage était sans âge, mais chargé d'une expérience et d'une intelligence immenses. Ses yeux étaient presque aussi bridés que ceux d'Ananda. Mais n'en avaient pas la grâce ni le charme hypnotique. Seulement une volonté qui paraissait sans limites. Au bout d'un long moment, elle parla, et sa voix n'avait plus le détachement courtois qu'elle avait employé pour s'adresser à Madara. Elle parla comme si Aoki était transparent, comme si elle pouvait lire en lui les pensées les plus enfouies. Avec une douceur inattendue, et un timbre chaud et vibrant. Elle n'avait pas d'amplificateur vocal, mais le gladiateur devina que cette voix-là n'en avait nul besoin. Ni pour demander ni pour ordonner.

— Bienvenue au Temple, Aoki. Rares sont les mâles à y pénétrer, mais tu seras le seul à y résider. Quand Madara m'a demandé comme une faveur de te former, j'ai longtemps hésité. Mais je comprends à présent pourquoi.

Me former ? Que pourrait-elle apprendre à un gladiateur ?

Madara avait sans doute ses raisons, et Aoki avait déjà compris qu'il n'agissait jamais au hasard. Il ne répondit pas, conscient d'ailleurs que les paroles n'attendaient pas de réponse. Lui avait-on jamais demandé son avis ?

— Tu as fait la connaissance d'Ananda et de Nila. Et Ananda t'a fait savoir qu'elle te servirait. Sais-tu ce que cela veut dire ?

On lui posait une question ! Et on attendait la réponse… Aoki se troubla un peu, mais répondit d'une voix ferme :

— Je ne connais du Temple que les servantes des gladiateurs. Et je ne veux pas d'Ananda comme servante !

La fine bouche de Prya s'étira sur un sourire. Et Aoki comprit qu'il en avait déjà trop dit. Comme cette femme était perspicace !

— Ananda ne sera pas ta masseuse, ni ton esclave sexuelle. Pas même ta servante. Elle te servira comme une future prêtresse. Et c'est toi qui devras obéir à ce qu'elle te demandera. Sous mes ordres directs.

Cette fois, Aoki garda le silence. Et attendit la suite. Il savait que son visage, maintenant, ne livrerait plus aucune information. *Zanshin*. La Supérieure termina, avant de tourner les talons :

— Tu ne verras pas d'autres femmes ici, mâle. Les femmes sont rares de nos jours, et le Temple est là pour les préserver. Obéis en tout point à ce que dira Ananda. Et mérite ma confiance.

Au fil des mois, Ananda lui apprit tout ce que Kagi ne connaissait pas. Le plaisir d'une présence physique, la douceur du réconfort et la découverte de l'esprit. Chargée par Prya d'éduquer le jeune gladiateur, elle avait rempli sa tâche avec dévouement et intelligence. Chaque matin, après l'entraînement d'Aoki, Ananda était venue le chercher dans sa petite cellule pour l'emmener dans la sienne. C'était strictement la même, une petite pièce aux murs de pierre recouverts d'un enduit blanc, trouée d'une petite fenêtre qui donnait accès à une vue sur la cité zan, et meublée d'une table, de deux sièges et d'un lit. Si Aoki n'avait pour toute possession que ses armes, Ananda n'était riche que de livres.

La première fois qu'elle lui avait montré un livre, Aoki avait dû faire une drôle de tête, car Ananda avait éclaté de rire, de ce rire musical et joyeux qui mettait l'adolescent en extase. S'il avait peu entendu rire une femme, il ne savait pas ce qu'était un livre, et Ananda le lui avait expliqué. Il ne savait pas non plus ce qu'était lire, et écrire, et Ananda le lui avait enseigné. En élève doué, Aoki avait appris rapidement à déchiffrer les livres de la jeune fille, et si ses gros doigts calleux se débrouillaient moins bien pour écrire, il en savait suffisamment pour glisser de petits mots sur le lit d'Ananda le soir, en partant.

Aoki avait ainsi découvert tout un monde, celui que seul l'écrit peut faire connaître. Le monde d'avant Tokohama. Les arts et les sciences. Les mathématiques et la logique. La poésie et l'amour. Et Ananda savait commenter, détailler, répondre aux questions. Devenue prêtresse juste après l'arrivée d'Aoki, elle se destinait à suivre les pas de Prya dans l'ordre du Temple, le Shudo On'na, car la Supérieure avait su détecter une partie des qualités de la jeune fille. Une partie seulement, car Ananda ne s'était confiée qu'à l'adolescent. Ainsi lui avait-elle révélé qu'elle savait à l'avance sa venue. Il n'avait pas fallu longtemps à Aoki pour admettre les explications d'Ananda. Il savait ce qu'étaient la prescience et l'anticipation. Dans l'arène, il avait appris de Kagi à connaître à l'avance les mouvements de son adversaire.

Mais Ananda possédait un réel talent de vision. Il l'avait vue, un peu effrayé, se mettre en transe et l'avait entendue ensuite lui prédire l'avenir. Des pans de l'avenir, seulement, car Ananda ne maîtrisait pas encore son pouvoir. Il l'avait entendue, au sortir d'une transe, lui raconter comment son esprit pouvait se déplacer librement, attiré irrésistiblement par des êtres particuliers. Comme Aoki. Elle lui avait ainsi révélé qu'au cours d'un de ces rêves éveillés, elle avait vu le gladiateur et senti en lui d'immenses choses. Car si Ananda était prodigieusement douée d'intuition, l'adolescent trapu possédait un don unique et fabuleux. L'instinct. Elle lui avait recommandé de toujours se fier à ses sens, et dit avec ferveur que cela le garderait en vie.

Suis ton chemin, Aoki. Fais-toi confiance.

Elle lui avait parlé beaucoup, et lui avait écouté. Se pénétrant peu à peu des paroles de la jeune prêtresse même quand il ne comprenait pas. Et, pour la première fois de sa vie, lui aussi avait parlé. Il avait répondu aux questions avides d'Ananda. Car si elle pouvait prédire l'avenir, elle ne connaissait pas le passé. Et celui d'Aoki l'émouvait.

La première caresse sur son visage, c'était quand il lui avait expliqué le combat où son adversaire avait été plus rapide et l'avait balafré. Elle avait posé ses doigts sur la cicatrice sous l'œil droit et tous les deux avaient frémi sous le contact. Laissant ses doigts fins sur le dur visage, elle avait vrillé son regard dans celui d'Aoki. Et aucun n'avait baissé les yeux, conscients des mots informulés qu'ils échangeaient, des rêves qu'ils partageraient désormais et des combats qu'ils devraient mener ensemble.

Je serai ta femme, Aoki.

Et il avait su que c'était vrai. Que c'était leur avenir à tous les deux. Et que rien ne pourrait le changer. Thalina, la meilleure amie d'Ananda au Temple, et presque aussi douée qu'elle, le lui avait confirmé. Et quand un matin Ananda était venue le chercher, lui avait pris la main et souri tristement, il avait compris que les combats recommençaient. La jeune prêtresse lui avait prédit le retour de Madara. Et son départ à lui, Aoki. Il n'avait pas dit un mot et accepté. Il savait d'instinct que cette douce quiétude au Temple était terminée. Il était heureux d'avoir enseigné à Ananda, lui aussi. Enseigné la vie de l'arène, l'existence du ciel et de la mer, des Zans et des Mikenos. Ananda avait appris et saurait en tirer parti, quoi qu'il arrive.

Quitter le Temple… et Ananda. Reverrait-il un jour le fin visage aux yeux en amande, la silhouette fine et souple, le rire musical et serein comme une aube d'été ? Ananda n'avait que seize ans, mais elle était déjà une femme, et une prêtresse du Temple. Et sa voix calme et profonde, ses paroles rares et précieuses comptaient autant pour Aoki que la promesse muette de leurs yeux et le baiser échangé le dernier soir près de la porte centrale du grand édifice de pierre. Il se sentait perdu sans Ananda, sans l'apaisement joyeux de son sourire.

La douleur physique des combats n'était rien devant la souffrance et le déchirement qu'il ressentait. Quitter Kagi avait été difficile, mais inévitable. Tout aussi inévitable était son départ du Temple après ces quelques mois de bonheur mais ô combien plus difficile !

5 – *Le tombeau de Tokohama*

« Deviens le sabre. »
(Livre de Choden)

Le lendemain, Madara avait débarqué en chaloupe et emmené Aoki. Le gladiateur ne s'étonnait plus beaucoup, à présent. Il savait que Madara fondait sur lui des espoirs inconnus et insensés, mais il avait aussi compris que le Grand Prêtre était la clé qui lui permettrait d'accéder à son destin, quel qu'il soit. Et lorsque la chaloupe avait rejoint le grand dirigeable soler, il avait considéré sans grande curiosité la longue masse de solamétal dépourvue de hublots que Madara lui avait présentée comme un monastère en route pour le *Tsu*, le pèlerinage. Le pèlerinage que tout novice de la Fraternité devait effectuer pour être admis véritablement dans l'Ordre Noir. Et Aoki, docilement, avait suivi Madara sans un mot pour commenter les rares phrases du Grand Maître.

Les règles à bord étaient simples. Manger, dormir, et surtout écouter pendant des heures les prêches des Frères subalternes. Le novice en route pour le pèlerinage ne voyait rien d'autre que les parois brillantes de solamétal, n'absorbait rien d'autre que quelques galettes de soreibato avec un peu d'eau, et ne passait le reste de son temps qu'à écouter les litanies sacrées. Aoki les avait déjà étudiées avec Ananda, et leur esprit critique avait passé au crible les principes de la Fraternité. Souffrance, douleur, martyre. La Ligue de la Foi ne connaissait pas le pardon et la clémence. Si le *Do* du Temple avait érigé en dogmes la Force, la Fraternité et la Fidélité, c'était là des mots qui marquaient symboliquement que la voie de la rédemption n'était possible que sous le regard du plus fort ou dans les yeux de la victime. Le plus grand vœu des Prêtres était d'être à la hauteur du prophète et martyr, Tokohama, et le premier chemin était celui du pèlerinage. Si le novice en surmontait les dures épreuves, il pourrait commencer l'initiation et participer au *Musha*, la Croisade. Devenir Prêtre et Grand Maître était le but ultime du Frère.

Après l'enseignement d'Ananda, celui de la Fraternité paraissait fade et puéril. Aoki avait pu jeter un œil sur les livres que lisaient les Frères. Il en avait facilement déchiffré les idéogrammes, et constaté que les textes étaient simplifiés, dépourvus d'arguments et inutilement obscurs. Mais il savait que ce n'était qu'un apprentissage de base, que ces *Minarais* ne possédaient pas le dixième des connaissances de la belle prêtresse, et que les novices étaient incultes et naïfs. Certains deviendraient peut-être des Frères, mais aucun n'irait beaucoup plus loin. D'autres finiraient policiers ou assumeraient des tâches subalternes. Il doutait même que tous iraient au bout du voyage. La Fraternité se débarrassait facilement de ceux qu'elle jugeait inutiles.

Le gladiateur comprenait vaguement que Madara utiliserait ses dons de combattant. Après tout, il fallait bien former les Frères à l'art du combat. Aoki savait qu'un prêtre, et plus encore ceux de son rang, maîtrisait des techniques qui rivalisaient avec celles des gladiateurs. Il suivrait son instinct, comme le lui avait recommandé Ananda, et son instinct lui disait de suivre Madara. Jusqu'au point de rupture, inévitable. Le Grand Prêtre avait des projets inconnus et ambitieux, et Aoki essaierait d'en percer les secrets. Mais il savait que rentrer dans la Fraternité était périlleux, que le sceau du *keppan* l'engagerait aux yeux de Madara. Verser son sang, il l'avait déjà fait tant de fois, et ce sceau n'était pour lui qu'un rite absurde.

Un matin, il comprit que le moment était venu. Le dirigeable avait peu à peu ralenti son allure, et Aoki ressentait dans tout son corps la différence de mouvement du monastère volant. Ses compagnons n'avaient rien remarqué, et vaquaient placidement aux occupations rituelles du noviciat. Aoki se demanda combien d'entre eux survivraient au voyage. Peu sans doute. Sept ou huit semblaient aptes physiquement à affronter les conditions d'une arène, mais aucun ne possédait la moitié de ses capacités. Aoki était conscient au plus haut point de sa valeur, même s'il était dénué de toute arrogance. L'entraînement de Kagi et l'enseignement d'Ananda s'étaient mêlés harmonieusement à ses qualités originelles. Il savait simplement ce qu'il valait, et avait hâte de progresser encore davantage.

Il tenait sa place dans la rangée des novices, attentif à ne pas attirer l'attention du Frère qui prêchait les litanies du jour. Une trentaine de novices assis près de lui à même le sol s'ennuyaient ferme en essayant de ne pas le montrer. Le Frère prêcheur avait depuis deux jours commencé à détailler les épreuves qui feraient du pèlerinage une initiation indispensable à l'entrée officielle dans la Fraternité. L'*Ayumu* serait la première épreuve, et la plus facile. Si le novice y survivait — un frémissement parcourut la rangée des compagnons d'Aoki —, trois autres épreuves viendraient confirmer la Foi des prétendants. Ou pas. Aoki commença à ressentir les subtiles odeurs de la peur chez ses voisins, et leur attention se fit plus aigüe. Le Frère devait connaître lui aussi les réactions des pèlerins, il n'en était pas à son premier voyage. Sa voix se fit plus rassurante — un soupçon seulement — et il annonça que deux protections viendraient soutenir la ferveur et le courage des novices.

Tout en continuant son prêche, le Frère ne put cacher une courte hésitation et Aoki comprit qu'il était en communication avec un Supérieur. Les Frères utilisaient entre eux un réseau facilité par l'appareillage dissimulé dans les plis de leur capuchon. De fait, son attitude changea subtilement, passant d'un ton doctoral à une injonction autoritaire. Il annonça aux novices que le voyage était terminé et qu'il était temps pour eux de se préparer. Il ordonna de se lever et de le suivre. Aoki suivit le mouvement, curieux de voir enfin quel était le but de ce pèlerinage mystérieux. Il ressentait intimement la peur et l'angoisse chez ses compagnons, et la légère inquiétude du Frère prêcheur.

La salle où les conduisit le Frère était nouvelle pour les novices et ils y pénétrèrent avec curiosité. Circulaire, elle était flanquée de niches verticales à l'intérieur desquelles de sombres silhouettes semblaient monter une sinistre garde. Au centre de la salle, une longue table présentait de petits pots de terre. Aoki avait instinctivement compté tant les niches que les pots, comprenant qu'il y en aurait une pour chaque pèlerin. Les protections...

Le Frère prêcheur ordonna aux novices de se déshabiller entièrement et de se grouper autour de la table. Les tuniques glissèrent au sol, révélant des corps différents, bien nourris mais dont aucun n'avait connu les supplices de l'arène.

Comme ils sont faibles ! Aucun ne résistera à un combat...

Nu comme ses compagnons, Aoki sentit le regard qu'ils lançaient vers lui. Beaucoup semblaient effarés de découvrir le corps d'un gladiateur. Une masse noueuse de muscles, une peau couturée de cicatrices, une impression de force et de brutalité que renforçaient les touffes de poils roux qui parsemaient les épaules, les bras et la poitrine. Même le Frère ne s'attendait pas à une telle vision et il eut un moment d'hésitation, avant de donner l'ordre de s'enduire le corps de l'onguent contenu dans chaque pot de terre. Aoki fut le premier à prendre l'onguent, soucieux de dissiper la gêne que lui procuraient les corps nus et les yeux inquisiteurs. C'était doux et visqueux, de couleur bleuâtre, et ça dégageait la piquante odeur que le jeune gladiateur avait détectée lors de son voyage au-dessus des océans.

Lorsque chaque pot de terre eut été vidé de son contenu et que les corps brillaient d'une légère luminescence bleue, le Frère ordonna de se déplacer vers les niches circulaires. Devant la sienne, Aoki comprit que les sinistres silhouettes n'étaient que de simples vêtements destinés à recouvrir la totalité du corps. Le vêtement était lisse et noir comme la tunique des prêtres de la Fraternité, mais elle était beaucoup trop épaisse, voire rigide. La tête était faite de la même matière, mais un emplacement pour les yeux était constitué d'une matière dure et transparente, comme Aoki n'en avait vu que dans l'appartement de Li. Une fois revêtu de cette étrange combinaison, Aoki s'aperçut qu'il pouvait se mouvoir presque aussi librement que sous sa tunique de lin. Il devina que ce prodige était lui aussi le résultat de la science des Kimagure.

Lorsque chaque novice fut revêtu de la combinaison — et certains avaient eu beaucoup de mal avec l'étrange matière —, le Frère prêcheur fit sortir le groupe. On suivit le même couloir qu'avait emprunté Aoki plusieurs jours auparavant, et on s'arrêta devant le cercle qui délimitait dans la paroi de solamétal le sas qui permettrait l'accès à la chaloupe. Le cercle glissa dans un petit chuintement et les novices suivirent le Frère dans la chaloupe qui venait de s'arrimer au dirigeable. Tous découvrirent avec plaisir les hublots qui montraient enfin la lumière du jour. C'était une belle journée ensoleillée, et les yeux brillaient derrière la lunette transparente de la combinaison. Le Frère fit s'asseoir le groupe et, avec une légère touche de soulagement que décela le gladiateur, entama son dernier prêche. Il le termina en souhaitant que chacun fût digne de la confiance de la Ligue de la Foi. Puis il tourna les talons et regagna le monastère.

La chaloupe se mit en mouvement et gagna le sol en quelques minutes. Les hublots s'occultèrent et Aoki s'en étonna. Il en comprit la raison lorsque, ayant atterri souplement sur le sol, la chaloupe s'immobilisa, la porte d'accès s'ouvrit et dévoila le monde qui s'ouvrait aux pèlerins.

C'était l'enfer.

Un paysage démentiel s'offrait aux yeux du petit groupe de novices. Lorsque tous étaient sortis de la chaloupe, ils n'étaient plus que de petites silhouettes identiques égarées dans un monde invraisemblable, incompréhensible, terrifiant. Le ciel ensoleillé s'était caché sous une atmosphère grise et malsaine. Le sol n'était qu'une masse de boue solidifiée de couleur rougeâtre qui adhérait aux semelles des combinaisons comme les mâchoires d'une bête immonde. Des blocs informes de béton antique ressemblant à de la pierre parsemaient l'horizon, piquées de restes de métal noirci, vestiges de constructions qu'on devinait martyrisées par des armes d'une puissance inouïe. Une couche verdâtre recouvrait ces blocs d'une matière évoquant le verre qu'Aoki avait vu chez Li. Nulle vie dans cette vision d'horreur — végétale ou animale —, rien qu'une oppression qui paralysait les hommes, les engloutissait dans un vide vertigineux où s'engourdissaient les sens, comme si leur existence même se sentait menacée au plus profond de leur être.

Le gladiateur lui-même était profondément affecté. Privé du contact de ses pieds nus sur la terre, désorienté par le paysage de cauchemar, accablé par la détresse de ses compagnons, il se sentait pour la première fois de sa jeune vie dominé par un sentiment de désespoir inouï. Son instinct allumait au tréfonds de son corps tous les signaux d'alarme qu'il avait connus dans l'arène. Il reconnaissait ce soleil voilé par le brouillard, c'était là le Kumohi des Frères, le Soleil Noir qu'ils avaient choisi comme emblème.

Peu à peu cependant, ses sens retrouvaient leur acuité malgré l'étanchéité de sa combinaison. Un silence inconnu et angoissant, lourd de la peur et de la mort. Une vision de cauchemar, aussi loin que ses yeux pouvaient porter. Un sol instable et maléfique qu'il croyait capable de l'absorber et de le dissoudre. Le goût métallique dans sa bouche, traduction infaillible d'un danger imminent. Et cette odeur. Une odeur inconnue et indéfinissable qui piquait ses narines et affolait son odorat surdéveloppé.

Le sentiment d'angoisse diminua au fur et à mesure du retour des sensations familières. Le danger, Aoki connaissait ça, il était à présent en terrain connu. Il se souvint des leçons d'Ananda, et apaisa son esprit et son corps. Lorsqu'il comprit qu'il était à nouveau en pleine possession de ses moyens, il observa de son œil averti de combattant. Le groupe de novices était tétanisé sur place et deux de ses compagnons étaient à terre. Morts probablement. Le gladiateur réalisa que la protection des combinaisons et de l'onguent bleu était illusoire.

Déjà chancelaient d'autres silhouettes, et une troisième s'affaissa. L'épreuve du pèlerinage n'était pas destinée à éprouver la foi des novices. Elle était destinée à sélectionner ceux dont l'organisme résisterait à ce cauchemar. L'instinct d'Aoki l'avertit que peu d'entre eux allaient rester vivants au terme du Tsu. Et que le temps leur était compté. Il s'accroupit et déshabilla l'un des cadavres de sa combinaison. Les yeux étaient grands ouverts sur une infinie souffrance et une terreur absolue. La peau imprégnée de la coloration bleuâtre de l'onguent s'était fragmentée en plaques durcies entre lesquelles on devinait la chair à vif. Mais ce qui surprit le plus Aoki, c'était les traits du jeune novice qui s'étaient flétris et creusés de profondes rides. Comme s'il avait soudainement vieilli de plusieurs dizaines d'années.

Alors il détourna la tête et vit la silhouette haute et noire qui s'avançait. Il ne fut pas surpris, c'était la conclusion logique de cette mise en scène. La voix de Madara s'éleva, brutale et glacée comme le froid de l'hiver :

— Novices !

Le petit groupe se retourna piteusement, et Aoki comprit que certains reprenaient espoir à la vue d'un Grand Prêtre, reconnaissable même sous la combinaison étanche. Le gladiateur aussi était impressionné, mais pas pour les mêmes raisons. Il admira l'autorité que Madara savait manier comme un outil. Même s'il savait que désormais les machinations et les subtilités des Prêtres Noirs n'auraient aucune prise sur lui. Il était cependant curieux d'entendre ce que Madara allait raconter aux novices. Il devina que le Grand Prêtre l'avait déjà repéré, lui et sa silhouette petite et trapue. Le discours s'adresserait aussi à lui. Surtout à lui.

— Votre pèlerinage commence maintenant. Ceux d'entre vous qui le méritent pourront enfin rejoindre les rangs de la Ligue de la Foi. Vous serez appelés aux plus hautes fonctions, et le monde entier vous respectera. Ne pleurez pas ceux qui viennent de tomber. Ils vont rejoindre le paradis de Tokohama. Maintenant, suivez-moi. Et croyez !

Madara tourna les talons et se mit en marche. Le groupe suivit avec un peu trop d'empressement pour cacher la peur qui tenaillait les ventres. Deux autres novices étaient tombés. Aoki suivit, attentif, tous les sens en alerte, le poil hérissé. La combinaison le gênait pour marcher, et de toute manière il préférait fermer la marche et compter les morts.

La progression ne dura pas cependant, et Madara s'arrêta devant une fosse profonde, délimitée par des barrières de plastisol. Les survivants du groupe s'immobilisèrent derrière elles, cependant qu'Aoki observait la fosse à la faible lueur du soleil caché derrière le brouillard gris et malodorant.

Quelle horreur est-ce là ?

La fosse était la gueule béante de quelque monstre inconnu, soufflant une haleine nauséabonde, crachant des postillons rougeoyants, exhalant des relents de chaleur intolérable. Aoki devina qu'ici était l'Ayumu, la première épreuve… et que Madara allait ordonner d'y pénétrer. Lorsque le Grand Prêtre fit un signe impératif au novice le plus proche, celui-ci hésita un instant, puis descendit le sentier qui s'ouvrait dans les barrières. Il s'enfonça dans la fosse et on ne le revit plus. Les autres novices suivirent le mouvement, jusqu'à ce qu'il ne restât plus que le gladiateur d'Irina.

Aoki prit sa décision sans réfléchir. S'il fallait affronter la mort, il l'affronterait comme il l'avait toujours fait. Sans peur et sans entrave. Il ôta la combinaison, et se retrouva nu. Sans un regard pour Madara, il descendit à son tour dans la fosse. Le Grand Prêtre sourit sous le masque de sa combinaison.

Il a compris… Que de progrès depuis Irina ! Mais résistera-t-il ?

Aoki était heureux de sentir enfin le sol sous ses pieds, même si ce sol était un lit de braises qui blessait sa peau pourtant durcie par des années d'arène.

Devant lui, le novice qui l'avait précédé semblait souffrir tout autant et Aoki se demanda combien de temps cette combinaison pourrait tromper le petit groupe. Le sentier continuait à descendre, et l'obscurité que ne parvenaient pas à éclairer les braises gagnait. Le gladiateur dépassa deux nouveaux corps. Il ne devait plus maintenant rester que dix-huit survivants. Plus s'enfonçait le sentier et plus grandissait l'obscurité. Aoki était cependant plus à l'aise que les autres novices, Kagi lui avait dit qu'il était doué de la vision de la nuit. Il devina que ce n'était qu'une épreuve supplémentaire et que le premier du groupe devait avoir atteint maintenant un lieu où un éclairage devait guider ses pas.

Derrière lui cheminait Madara, sans un mot.

Et lorsque le gladiateur sentit que la pente diminuait, que ses pieds marchaient sur un sol plus dur, que le tapis de braises eut laissé place à cette curieuse matière ressemblant à la pierre, une faible lueur commença à percer, puis s'accentua rapidement. Bientôt, Aoki rejoignit tout le groupe.

Les novices se tenaient à l'entrée d'une vaste salle éclairée par des luminers. Il devina que la Fraternité Noire avait installé cet éclairage, car tout ce qu'il pouvait voir était déchiqueté, noirci, éventré. L'arme fantastique qui avait ravagé l'extérieur et laissé un champ de ruines désolées devait avoir aussi détruit ces curieuses installations : plaques de métal percées d'orifices, fils d'une matière semblables au plastisol, sièges encastrés dans des tubulures tordues.

Ce n'est pas seulement l'Arme. Les Frères ont achevé de tout détruire...

La confirmation vint de Madara. Lorsque le Grand Prêtre eut rejoint la vaste salle, il s'adressa au groupe :

— Vous venez de pénétrer dans le tombeau de Tokohama. C'est ici que notre Prophète a subi le martyre. C'est ici que l'énergie maudite s'est abattue sur le monde ancien. C'est ici que chacun doit à son tour racheter les fautes des Exilés en offrant sa chair à la Douleur et à la Souffrance. Vos Frères ont déjà préparé vos épreuves en ôtant à ces lieux leur rôle trompeur. En subissant une infime partie de ce qu'a subi Tokohama pour nous préserver, vous vous rendez dignes de Lui et de la voie du *Kotodama*. Force, Fraternité, Fidélité. Soyez-en dignes. Ou mourez !

Alors se succédèrent les épreuves, et se succédèrent les morts.

Au fil des vastes salles où les entraînait Madara, les novices durent endurer des affres pires que celles qu'ils avaient connues sur le lit de braises. L'*Ukeru* obligea chacun à s'offrir aux aiguilles que Madara enfonçait dans leur chair. Le *Toru* obligeait à une horreur supplémentaire lorsqu'il fallut que chacun s'introduise lui-même les aiguilles. Les combinaisons percées de part en part n'offraient plus aucune protection et certains s'en débarrassaient, suivant l'exemple d'Aoki. Les corps nus se couvraient des plaques durcies qui en tombant dévoilaient la chair à vif. Le gladiateur observait que son corps ne subissait pas le même sort, comme celui de trois autres novices. Certains d'ailleurs n'en souffraient que superficiellement alors que d'autres en étaient atteints sur toute la surface. Les morts tombaient peu à peu, cependant que l'on s'approchait enfin de l'ultime épreuve. Le *Tsugu*.

Les survivants avaient suivi Madara jusqu'à des escaliers qui descendaient en s'enroulant sur eux-mêmes dans une cuve de taille gigantesque, faite d'acier antique. Le cœur du tombeau. Madara s'adressa une fois encore au groupe :

— Ceux qui sortiront vivants du cœur du tombeau auront achevé le Tsu. Ils seront enfin des Frères et ne connaîtront jamais plus de douleur aussi terrible. Vous allez souffrir comme jamais votre imagination n'aurait pu le concevoir. Mais vous serez les élus, et les dignes fils de Tokohama…

Aoki admira une fois encore les subtiles nuances de la voix. Madara avait cette fois choisi les harmoniques de l'apaisement et de la récompense, mettant un baume puissant sur la terreur et la douleur que subissaient les pèlerins.

Le Grand Prêtre commença la lente descente des escaliers métalliques, suivi par les novices. Aoki terminait la marche. Il commença très vite à ressentir la souffrance. Elle ne courait pas seulement sur toute la surface de sa peau, mais pénétrait jusqu'au plus profond de son corps, atteignant peu à peu chacun de ses organes. Il sentait plus particulièrement la douleur au fond de sa gorge, lovée comme un serpent maléfique qui le dévorerait de ses morsures. Sa colonne vertébrale le faisait souffrir presque tout autant et il sentait se saturer ses os épais d'une couche minérale qui tentait d'y pénétrer férocement.

Lorsqu'il atteignit le fond de la cuve, il avait enjambé plusieurs corps et se sentait atteint d'une fatigue inhabituelle. Il vit enfin le

Tsu, en même temps qu'il comprenait ce que c'était. Une masse énorme, sombre et menaçante qui semblait palpiter dans le fond de la cuve. Le cœur du tombeau, le corps même de Tokohama… Madara le contemplait avec respect, sa haute tête inclinée avec humilité. Ici, l'air était un poison qu'il fallait respirer, en sachant qu'il dévorerait la poitrine et les poumons. La douleur était à son maximum, et les silhouettes des survivants vacillaient sous son emprise. Madara lui-même n'avançait qu'avec peine. La peur envahit Aoki, la peur de mourir ici dévoré par la souffrance, agonisant sur ce sol dur et brûlant, la peur de ne jamais revoir Ananda.

Ananda ! Son souvenir vint apaiser un peu la douleur, et Aoki tenta de rassembler ses souvenirs. C'était difficile. Son cerveau lui-même semblait atteint par cette mystérieuse maladie qui faisait se fragmenter les corps de ses compagnons. Il se concentra sur le souvenir de la voix de la jeune fille, et bientôt les paroles douces affluèrent dans sa conscience.

Rentre en toi-même, Aoki. C'est là que tu trouveras le plus sûr des refuges. Celui où nul ennemi ne pourra t'atteindre. Souviens-toi, tu es comme Hanuman, le Singe blanc, le Dieu-singe. Celui qui peut soulever des montagnes par son courage et sa force. Si tu te sens comme Hanuman, tu pourras surmonter la pire des épreuves…

La voix d'Ananda était comme un filet d'eau claire à l'intérieur de sa conscience, et bientôt Aoki se sentit capable de faire refluer la souffrance qui le clouait sur ce sol dur et brûlant. Arc-bouté, bandant ses forces, affûtant sa volonté, il lutta contre la douleur et la maladie. Il aspira l'air maléfique et se força à le transformer, à l'épurer de son poison. Alors, la gorge expulsa le serpent dévoreur, les poumons se libérèrent de l'étreinte mortelle, et ses os attaquèrent la couche minérale qui les recouvrait. Longtemps, le gladiateur livra le plus âpre de ses combats, décidé à vaincre l'ennemi le plus terrible, obstiné dans le défi de quitter cette lugubre arène qui avait déjà tant coûté de vies.

Cela dura une éternité. Le gladiateur n'aurait su dire la longueur de l'épreuve, mais il n'avait jamais affronté plus dur combat dans l'arène d'Irina. Lorsque le dernier atome d'énergie maudite eut quitté son corps, Aoki sentit un immense soulagement l'envahir. Il avait combattu sans armes, et sa seule volonté avait vaincu. Il s'en souviendrait. Ses armes ne lui manquaient plus, il était à présent une arme vivante et invincible.

Un sentiment de liberté et de joie se mêla bientôt au soulagement, et il ouvrit les yeux avec bienveillance pour s'assurer de ses compagnons. Il n'en restait plus que trois. Nus et tremblants, couverts de plaques bleues et sanguinolentes, ils contemplaient Aoki avec effroi et stupeur. Ils voyaient un corps indemne de toute plaie, et Aoki comprit que plus jamais il ne succomberait à l'atrocité de Tokohama. Il chercha des yeux la haute silhouette. Mais Madara avait déjà rejoint d'autres escaliers qui les mèneraient sans doute à l'issue de l'enfer.

Alors le jeune gladiateur prit cette fois la tête de la marche. Le retour n'était rien en comparaison de ce qu'ils avaient subi. Une éternité auparavant. Lorsque le petit groupe eut rejoint la chaloupe, ils surent au silence respectueux de Madara que celui-ci les attendait, et qu'ils ne seraient plus jamais les mêmes. Et quand Aoki parut devant le Grand Prêtre, il lut dans son regard quelque chose de nouveau et d'inattendu. La peur…

Grand Prophète ! Mais qui est-il ?

Lorsque le jeune gladiateur put apercevoir son reflet sur une des parois métalliques à l'intérieur de la chaloupe, il comprit ce qui avait tant effrayé Madara. Son corps n'était pas seulement préservé des affres de la maladie de la fragmentation, mais il avait changé. Toute trace de jeunesse avait disparu du visage et son organisme était à présent celui d'un homme dans la force de l'âge. Il était plus grand, plus fort, plus résistant. Aoki comprenait que ce qui avait accéléré le vieillissement des novices couverts de plaques bleues avait aussi développé tout son être. Un seul détail l'intriguait, mais il l'oublia vite. Sa chevelure et sa toison rousse étaient devenues entièrement blanches.

6 – *La pyramide de fer*

« Le bras de ton adversaire est déjà un sabre. »
(Livre de Choden)

Madara n'avait pas prononcé un seul mot. Mais les novices rescapés avaient osé parler au jeune gladiateur. Malgré le respect qu'il leur inspirait et la crainte de son nouvel aspect. Ils avaient tous revêtu la robe des Frères et caché leur nudité, mais l'un d'eux lui avait fait remarquer un curieux phénomène. En regardant ses mains, Aoki avait en effet constaté que la maladie de la fragmentation avait ajouté un sixième doigt à chacune des larges mains musculeuses, entre le pouce et l'index. Et en considérant ses pieds, il avait aussi constaté deux orteils supplémentaires. Il pouvait faire bouger chacun aussi facilement que les autres. Ils semblaient tellement faire partie de lui-même, désormais, qu'il ne s'était pas aperçu seul de leur présence. Aoki se demanda avec curiosité ce que ce talent supplémentaire pourrait ajouter à sa pratique des armes.

Pour l'instant, il se sentait gêné de porter cette robe noire qui gênait ses mouvements. Il se promit de s'en débarrasser dès que possible.

Et puis un des trois survivants avait poussé une exclamation. Par le hublot de la chaloupe, on apercevait un étrange objet argenté flottant au-dessus de la mer. Aoki n'avait jamais vu une telle forme, et les proportions égalaient celle d'un dirigeable. Le novice — Aman — qui semblait posséder quelques connaissances affirma qu'il reconnaissait une pyramide « comme celles qui sont en pierre » et que « le Grand Prêtre avait réquisitionné le yacht d'une famille de *Mikénos* qui avait blasphémé... ».

La pyramide de solamétal se rapprochait et le groupe comprit que l'on allait y accoster. Et bientôt la chaloupe s'amarra sur l'un des flancs du yacht. Le petit groupe formé par les quatre survivants et Madara put pénétrer dans le vaste édifice qui servait de domicile au Grand Prêtre.

Madara fit admirer avec orgueil la vue splendide que l'on avait depuis la pyramide. La mer était couverte de somptueuses constructions. Une ville flottante se devinait à l'horizon. C'était une vaste plateforme circulaire comptant à peine deux étages afin d'en assurer la stabilité. Le Grand Prêtre déclara que beaucoup de terres avaient été recouvertes par la mer et que les Zans avaient reconstruit leurs cités pour échapper à la submersion. Les fermes marines assuraient la subsistance de ses habitants et livraient le nécessaire par drones et chaloupes. Les déchets étaient recyclés et l'eau de mer était dessalée pour remplacer les pluies depuis longtemps oubliées. D'autres plateformes étaient inhabitées et consacrées à la production de soler. Ces centrales concentraient l'énergie diurne pour la stocker même après le coucher du soleil. Une tour arborait un champ de capteurs solaires qui dirigeaient les rayons du soleil au sommet du système. Ainsi, la soler était transformée en chaleur puis en électricité.

— Toute l'énergie terrestre est produite par la chaleur, donc par le Soleil. Même les anciennes énergies étaient issues de la décomposition des végétaux après leur croissance par photosynthèse. La puissance de l'eau, elle aussi, c'est l'énergie de l'attraction du Soleil et de la Lune. Seule l'énergie maudite n'était pas d'origine solaire, et nous l'avons bannie. Longtemps, la transformation de l'énergie solaire en énergie électrique souffrait de déperdition. La soler est presque parfaite, toute l'énergie est récupérée...

Le jeune homme comprenait pourquoi le Soleil avait été choisi comme symbole par la Fraternité. Mais pourquoi un soleil noir ?

Comme si le Grand Prêtre avait deviné ses interrogations, il poursuivit, avec un dédain calculé.

— Ces habitats sont peints en blanc pour en abaisser la température intérieure. Le noir absorbe la chaleur mais le blanc la restitue. Les nouvelles peintures blanches rejettent les radiations grâce à un pigment qui réfléchit les rayons du Soleil. Elles contribuent non seulement à rafraîchir l'air, mais aussi à atténuer la chaleur. Quant à l'eau, elle sert de liquide refroidissant et agit comme un isolant thermique. Sa transparence laisse en outre passer la lumière du Soleil. Voilà pourquoi les fenêtres sont munies d'une double paroi remplie d'eau. Au lieu de produire un effet de serre en piégeant le rayonnement infrarouge à l'intérieur, la couche d'eau absorbe la chaleur du Soleil et la chaleur intérieure avant d'être évacuée et remplacée par de l'eau fraîche. L'eau chaude, stockée dans un réservoir, peut ensuite chauffer le bâtiment lorsqu'il fait plus froid. Des panneaux composites fabriqués avec un film de marbre intercalé dans un double feuilleté de verre sont munis d'une « double peau » rappelant le tronc d'un palmier ou les écailles d'un ananas. Cette structure dynamique est composée de panneaux se pliant et se dépliant au gré de la position du Soleil au fil de la journée, afin de modifier l'incidence de la lumière entrante.

Aoki avait cessé d'être impressionné par les vaisseaux dans lesquels il suivait Madara. C'était lui à présent qui impressionnait le Grand Prêtre, et il comptait bien profiter de cette nouvelle situation. La passivité lui avait été fort utile pour survivre, depuis Irina, mais venait un temps où il devait prendre une initiative.

Mais laquelle ?

Madara reprit sans dissimuler son mépris, s'adressant à présent à chaque survivant de Tokohama :

— Mais tout ce confort n'a d'importance que pour les riches oisifs qui peuplent les cités zans. Un Frère de la Ligue est fier et honoré de porter la robe noire. Il doit propager la Foi et protéger les pèlerins. Son rôle s'étend aussi à la direction des policiers et c'est pour cela qu'il s'astreint à l'arène afin d'en recruter les meilleurs gladiateurs. C'est pour cela qu'il doit aussi apprendre l'art du combat. Et lorsqu'il sera prêt, il fera le vœu du *Giri*, la règle d'obéissance et de pauvreté. Alors il pourra devenir un Prêtre respecté de la Fraternité.

Aoki s'amusait à présent des ruses de Madara. Son discours impressionnait encore les novices survivants, mais lui savait bien que tout cela n'était qu'un jeu de pouvoir, comme celui joué naguère sur la jonque d'Afdal. Le yacht n'était pas aussi vaste qu'une jonque, mais Madara avait bien choisi en le réquisitionnant. Il conduisit chaque nouveau Frère dans une chambre individuelle, dont le jeune homme voyait bien qu'elle était d'un luxe raffiné et n'avait rien à voir avec sa cellule de gladiateur ou même avec celle du Temple. Les appartements privés de Madara devaient être plus splendides encore. Les autres survivants ne semblaient pas remarquer la contradiction entre les paroles austères de Madara et le confort qui leur était offert. Ou peut-être feignaient-ils de ne pas la remarquer. Leur silence était le signe qu'ils étaient dignes de la Ligue et de la double parole qu'elle employait. La souffrance et la pauvreté pour les uns, le luxe et le pouvoir pour les autres. Telle était la Voie étroite pour celui qui voulait parvenir tout en haut de la hiérarchie.

Après l'enfer, le luxe et la faiblesse.

Aoki se moquait bien de ce que lui offrirait Madara. Il le méprisait par avance, décidé à ne pas devenir comme lui, ne désirant qu'une seule chose. Sa liberté. Le culte de la souffrance, il l'avait connu à sa juste valeur. Celle du sang répandu pour satisfaire les plus bas instincts. Nulle rédemption dans l'arène. Et nul choix non plus. Les enfants étaient tôt enlevés et traités comme esclaves. Qu'ils soient gladiateurs ou spectateurs. Pour le plus grand profit de la Fraternité Noire.

Quant au pèlerinage, c'était une autre manière de sélectionner les novices ; ceux qui survivaient, comme lui et ses compagnons, étaient destinés à un but plus obscur, plus lointain sans doute dans la hiérarchie. À quoi pouvait servir un Aoki qui avait survécu à l'épreuve du Tombeau et avait révélé de nouvelles capacités ? Si le but avoué de la Fraternité était de convertir et d'organiser le pèlerinage à Tokohama, quel en était le but secret ? Quelle hiérarchie occulte contrôlait la masse inculte et obéissante des Frères ? Aoki était certain qu'un Grand Prêtre comme Madara poursuivait à la fois des objectifs personnels de pouvoir et la croyance aveugle en une idéologie de la domination d'une race pure…

Il se souvenait des rares paroles de Kagi sur le monde extérieur et sur les catastrophes. « Il n'y a pas de catastrophe. C'est l'humanité qui court à la catastrophe. » Aoki comprenait mieux à présent ce qu'il voulait dire. Les guerres et les famines sont délibérément provoquées pour s'enrichir. Les conquêtes et l'appétit de confort sont au service des plus gourmands. Et lorsque les richesses et les ressources sont épuisées, plutôt que de changer, on en cherche de nouvelles, au prix de la vie. Les catastrophes ne sont pas seulement une conséquence de la rapacité, mais aussi le moyen que les plus rapaces ont trouvé pour se perpétuer. Le reste de l'Humanité s'épuise à vouloir changer une Terre qui s'est déjà organisée pour résister au changement.

L'ancienne passivité des dirigeants de la planète, devant le désastre mondial qui s'annonçait, était voulue. Le culte aveugle du profit et du pouvoir avait poussé irrésistiblement l'Humanité à marcher avec insouciance vers son propre abattoir. Le pire des scénarios envisagés par les gouvernants était celui de l'enrichissement rapide, au risque calculé du désastre. Le système s'était organisé pour que ce soient les résistants qui meurent avant lui. La catastrophe s'était révélée dans la montée de la Fraternité Noire, créée pour que personne ne se mette en travers du chemin de la catastrophe. Ce projet fou et suicidaire pour contrôler les dernières ressources ne visait qu'à assurer la survie de quelques-uns. La catastrophe était le mode d'existence normal du pouvoir qui prépare la fin du monde dans la folie que donne l'idée de grandeur.

Et soudain, il sentit l'effleurement familier caresser son esprit.

Ananda ?

La jeune fille était-elle présente dans la pyramide ? Aoki se concentra sur l'image-présence d'Ananda, la vision se fit plus forte, plus précise, plus claire. Et puis elle se troubla car l'effort demandé était épuisant pour celui qui revenait de Tokohama. Il chancela un peu et l'image disparut.

Lorsque revint Madara, il comprit que les autres survivants ne comptaient pas pour lui. Il ne s'était déplacé que pour le gladiateur. Aoki perçut le subtil regard d'intelligence qui avait remplacé le prêche officiel. Il perçut sur le visage émacié toute la noirceur de la Fraternité, cette noirceur qui était celle du Soleil Noir. Le soleil d'un ciel couleur de cendre, comme celui de Tokohama. Le soleil qui les dominerait tous. Tous les consortiums. Le but de Madara et de ses chefs n'était rien moins que la domination mondiale, le pouvoir au service d'une poignée de grands initiés. Telle était la signification du Kumohi, le Soleil Noir qui inspirait la terreur. Le soleil qui absorbait tous les autres. Combien de soleils avait-il déjà dévorés ? Combien de religions, d'armées, de gouvernants et de riches possédants avait-il déjà enrôlés sous son Kamon ? Combien de langues et de cultures avaient-elles déjà succombé au *Kanji*, cette langue que parlait son maître d'armes ? Cette langue qui témoignait d'un prophète nommé Tokohama, mais qui, il le pressentait, se compliquait et se codifiait selon le degré de hiérarchie. Tokohama n'était sans doute qu'un lieu chargé de souffrance, un événement qui avait changé l'histoire de toute l'Humanité. Et sûrement pas un prophète dont le propre sacrifice réclamait celui des autres. Tokohama, c'était le paroxysme de la catastrophe dont avait parlé Kaji. Et dont la Fraternité avait habilement joué pour croître sur les ruines des civilisations détruites.

Madara s'adressa à lui, avec un soupçon de satisfaction :

— Tu es épuisé. Le repos est nécessaire, à présent. Djalil !

Une silhouette gigantesque et familière parut dans le couloir, et Aoki reconnut avec plaisir le gladiateur. Ce dernier portait désormais la tunique des policiers de la Fraternité Noire. Il lui sourit et vint soutenir le rescapé du pèlerinage. Puis lui montra comment s'installer et utiliser les nombreux artifices de confort que possédait un yacht. Aoki n'écoutait guère, se concentrant sur la couche moelleuse où il pourrait bientôt étendre son corps exténué. La voix de Djalil était amicale et futile mais elle changea quelque peu

Il murmura :

— Demain tout va changer pour toi. Je ne sais pas ce que le Grand Prêtre te réserve, mais tu peux compter sur moi.

Le jeune homme ne répondit pas, attendant la suite. Mais Djalil sourit une dernière fois et disparut. Aoki se demanda quel était le sens de ces dernières paroles, mais le sommeil l'emporta sans pitié et il sombra dans de bienfaisantes ténèbres.

Un effleurement, un parfum délicat, une sensation de douceur familière réveillèrent le dormeur. L'obscurité était complète mais Aoki sut qu'Ananda était près de lui. Ses yeux nyctalopes distinguèrent la silhouette tendre et flexible, les yeux en amande, le sourire doux et mutin... Un doigt sur ses lèvres lui intima l'ordre de se taire. Et puis d'autres lèvres se joignirent aux siennes, frémissantes et chaudes comme un matin d'été. Ananda se lova près de lui, et chuchota :

— J'ai tellement eu peur pour toi. Et puis j'ai su que tu ne craignais plus rien. Que tu avais survécu. Et que tu étais... différent. À présent tout va changer. Même moi. Et Madara également.

Le gladiateur fronça les sourcils. C'était la deuxième fois qu'il entendait que « tout allait changer ». Il continua à écouter.

— Demain, il sera trop tard. Nous devons partir tout de suite. Djalil a conservé une arme pour toi. Tiens.

Aoki sentit le froid rassurant du solamétal contre sa peau. Un katana. La jeune fille et le colossal gladiateur avaient pris beaucoup de risques pour lui. D'un bond silencieux, il se leva et prit la main d'Ananda. Le couloir était désert, il en était presque sûr. Même si Madara, une fois déjà, avait trompé son ouïe. Il ouvrit la porte et les deux jeunes gens, se déplaçant silencieusement, gagnèrent la salle d'embarquement. Une chaloupe était prête. Aoki considéra le petit vaisseau.

— Qui va la piloter ?

— Toi, Aoki. Je t'expliquerai. Tu en es capable, je le sais. Mais si tu choisis de me suivre, tu deviendras une proie. Madara te poursuivra au bout du monde !

— Et toi aussi…

— Je ne crains rien pour moi. Madara n'osera rien contre une Sœur.

Les deux jeunes gens se figèrent. En même temps, l'odorat d'Aoki perçut de subtils effluves. Ceux puissants de Djalil. Et ceux plus raffinés de Madara. Les deux hommes venaient de pénétrer dans la salle.

— Ananda a raison. Elle ne craint rien. Mais toi, Aoki, crains ma colère ! Te voilà de nouveau nu, tu te juges indigne de la robe des Frères… Eh bien soit, redeviens gladiateur. Et péris.

Le gladiateur ne cilla pas. Madara avait dégainé une arme splendide, un katana tout aussi imposant que celui d'Aoki mais dont le solamétal semblait différent, d'un noir terne et sinistre. Il s'avança sur le gladiateur, et Aoki perçut la souplesse et la force du combattant dans la haute silhouette du Grand Prêtre. Il leva haut son katana et attendit l'attaque. Djalil restait immobile, tendu et silencieux. Et Ananda, derrière lui, tremblait doucement.

L'attaque fut foudroyante. Même pour l'habileté d'Aoki, même pour ses sens surdimensionnés. En peu de temps, le gladiateur comprit qu'il était débordé. Comme il avait été présomptueux ! Comme il avait mal jugé son adversaire ! Les coups du Grand Prêtre étaient puissants, rapides, précis et toutes les feintes d'Aoki étaient inutiles, toutes ses attaques ne frappaient que le vide. Maintenant revenait la fatigue du pèlerinage, et Madara le savait. Bientôt, le gladiateur, exténué, aurait perdu le combat, et une vague de désespoir l'envahit. Il tenta une ultime fois de parer l'éclair du noir katana et sentit une vive douleur. Le sien tomba au sol dans un cliquetis sinistre, et Aoki contempla son bras droit, près de l'arme. Au sol. Incrédule, il ne vit que le sixième doigt apparu le jour d'avant. Et seul ce détail lui fit comprendre ce que venait de faire Madara.

Ananda cria longuement, d'une voix déchirée. Aoki ne pensa qu'à une chose. Son instinct et son expérience de l'arène lui disaient qu'il fallait agir vite, que l'amputation pouvait éteindre sa vie si le sang ne s'arrêtait pas de jaillir de la plaie. Alors il chercha dans son cerveau la force qu'il avait opposée au serpent dévoreur dans le tombeau de Tokohama. Et lorsqu'il la trouva, il la dirigea vers la plaie béante, d'où jaillissaient de rouges flots de sang. En quelques secondes, le flux perdit de l'intensité, diminua puis s'éteignit tout à fait. Le silence régnait dans la salle et Aoki sentait tous les yeux posés sur ce qui avait été son bras, et sur cette plaie qui s'était maintenant refermée. Le jeune homme avait retrouvé tout son calme et il ordonna d'une voix calme.

— Ananda. Dans la chaloupe.

La jeune fille hésita puis, sentant la détermination du jeune homme, elle pénétra d'un bond souple dans le petit appareil. Aoki attendit le nouvel assaut du Grand Prêtre, confiant. Et lorsque Djalil s'interposa entre les deux combattants, il sut que le géant se sacrifiait pour lui. Il en ressentit une grande compassion et un regret fraternel.

Aoki sauta à son tour dans la chaloupe et s'installa aux commandes. Il n'eut que le temps d'entendre les cris de rage de Madara et le chuintement de la porte d'accès. Il attendit les instructions de la jeune fille, mais se rendit compte avec stupeur qu'elles résonnaient dans son cerveau ! Ce n'était pas la voix claire d'Ananda qui lui parlait, mais une série de mécanismes qui se mettaient en place, en lui, comme s'il avait déjà piloté, comme si les habitudes du vol étaient déjà ancrées dans ses gestes. Il laissa faire sa main, la seule désormais qui lui restait, et la chaloupe quitta le flanc massif du yacht flottant. Bientôt, elle s'éleva dans le petit jour qui chassait à présent la nuit.

— Je te guiderai, fais-moi confiance.

Le gladiateur laissa courir les doigts de sa main gauche, s'étonnant de sa dextérité, et la chaloupe suivit la route choisie par Ananda. Il eut un petit ricanement en pensant qu'avec le bras, le tatouage de l'arène avait aussi disparu. Comme pour le maniement de la chaloupe, il sut que la route était aussi en lui et il cessa de penser.

Longtemps après, lorsque la jeune fille eut compris qu'Aoki ne mourrait point et que sa plaie était refermée, elle parla. Et sa voix était toute d'émotion contenue, d'ardeur et de peine.

— Je suis tellement désolée, mon amour. J'ai été imprudente. Mais ce jour aurait été le dernier pour nous deux. Madara avait décidé de faire de moi son épouse et d'engendrer de mon ventre.

Aoki ne répondit pas et écouta le récit de la jeune femme.

7 – La Grande Catastrophe

« Mordant comme le feu, immuable comme la montagne,
rapide comme le vent, silencieux comme la forêt.
Voilà ce que tu dois être. »
(Livre de Choden)

Ananda avait poursuivi son récit cependant qu'Aoki conduisait la chaloupe vers une destination qu'il ne connaissait pas. Elle raconta qu'elle venait d'une immense région du monde que sa famille avait dû déserter, toujours plus loin vers le Nord. Ils avaient fui les massacres de masse, les pogroms religieux et les persécutions ethniques. Ananda avait la peau sombre et cuivrée de ses parents et de ses compatriotes. Mais ses yeux en amande et la finesse de ses traits ne la faisaient en rien ressembler aux enfants qu'elle côtoyait. Très tôt, elle avait connu la mise à l'écart et l'hostilité. Ses premières intuitions avaient provoqué des réactions agressives et la petite fille avait bien vite appris à les cacher.

Lorsque ses parents avaient pris la décision de partir, ils ignoraient qu'elle les avait subtilement influencés. Ils avaient une fois encore laissé tous leurs maigres biens alors que le reste de la famille était resté. Subissant bientôt ce que la petite fille avait pressenti. La faim, la maladie et les insupportables vagues de chaleur. Et les premières actions de la Ligue de la Foi. Les Frères avaient prospéré sur le terreau fertile de la misère et du désespoir. Ananda n'était pourtant pas née lors de la Grande Pandémie. Ses parents lui avaient raconté ce jour où un confinement brutal et immédiat avait emprisonné plus d'un milliard de personnes. Avec la peur d'être contaminés par la maladie et d'en mourir, sans aucun espoir de salut.

Un virus invisible était venu d'une autre grande région du monde et s'était inexorablement propagé à toute la planète. Il avait rapidement proliféré, causant la mort de millions de personnes. Les pays les plus riches eux-mêmes avaient été submergés, incapables de se protéger contre la propagation du virus. Mais dans le pays d'Ananda, les conséquences avaient été encore plus terribles.

Les dirigeants avaient habilement profité de la maladie pour mettre un terme aux révoltes des miséreux contre leur politique répressive. Alors qu'ils vendaient aux autres pays les équipements de soin et le matériel respiratoire, avec profit, ils avaient d'abord mis en scène des cérémonies expiatoires où la foule était invitée à danser et à prier. Avant de se rendre compte que la maladie faisait d'immenses ravages et de décider que chacun devrait s'isoler chez soi. Ce qui ne signifiait pas grand-chose pour les millions de personnes vivant dans les rues. Tandis que boutiques et chantiers fermaient leurs portes, les castes les plus riches se calfeutraient dans leurs résidences fermées et grillagées et les cités rejetaient leurs habitants et leurs travailleurs. Des millions de personnes affamées entamèrent un long périple vers les villages. Ils marchèrent durant des jours, le long de centaines de kilomètres, brutalisés par les policiers. Beaucoup moururent en cours de route. Les survivants arrivés dans leurs villages d'origine y mouraient lentement de faim, porteurs du virus, contaminant leur famille.

Puis Ananda avait expliqué à Aoki la Grande Catastrophe. La chaleur extrême, la déforestation, la perte des cultures, l'assèchement des lacs, les crues des fleuves, l'empoisonnement des océans, la fonte des glaciers… Et la Grande Guerre, celle qui avait éclaté comme une étincelle et allumé un brasier qui s'était propagé au monde entier. Un monde dont il ne restait plus que cendres, où toutes les conventions avaient été abolies, où toutes les civilisations millénaires s'étaient effondrées. Un monde où les arts avaient disparu, où l'Histoire avait été effacée, où l'oubli avait remplacé la transmission des valeurs et des connaissances. Un monde où la vie n'avait pas compté plus que la valeur que l'on pouvait en tirer, où ne restaient plus que migrations humaines, guerres et appauvrissement.

Des incendies monstrueux avaient ravagé les forêts, ne laissant des arbres et des animaux que des squelettes calcinés, figés dans l'atroce mort de la brûlure. Les rivières avaient été vaporisées par une chaleur inconnue. Les hommes avaient fui sur les pistes opportunément ouvertes par les armées d'esclaves déjà recrutées. On murmurait dans les rangs des fuyards que le feu ne se déclenche jamais seul…

Le jeune homme comprenait à présent pourquoi Kagi l'avait instruit. Kagi se méfiait des Prêtres Noirs. Il demanda à Ananda tout ce qu'elle avait appris au Temple sous la direction des Sœurs.

— Prya m'en a dit beaucoup pour une représentante du *Shudo On'na*. Et ce qu'elle n'a pas dit, je l'ai deviné. Il y a une rivalité entre Frères et Sœurs. Les femmes sont moins nombreuses dans ce culte masculin. Elles ne se préoccupent pas de propager la Foi mais de former des femmes qui survivront. Bien souvent au service exclusif des hommes. Leur ordre est apparu après Kotohama et elles ont dû accepter la domination des Prêtres pour subsister. L'entrée des Temples est toujours orientée au sud car leur symbole est un soleil rouge, pas celui, sinistre, des Frères. La hiérarchie est la même que dans l'ordre masculin, et la Supérieure est aussi puissante que le plus haut Prêtre, mais son pouvoir ne s'exerce que dans le Temple. Les Sœurs ont pour but de devenir gardiennes des lieux de pèlerinage. Il existe dans le monde beaucoup d'autres endroits comme Tokohama. Certains disent que tous n'ont pas encore exhalé leurs radiations. Alors les Sœurs partent aux quatre coins du monde, en mission. La plupart en meurent ou sont difformes, mais certaines développent en secret une immunité aux radiations, comme toi, et deviennent prêtresses. D'autres élèvent des enfants modifiés ou pourvus d'une mutation génétique résistante à la maladie de la fragmentation. Les moins douées deviendront esclaves sexuelles pour les gladiateurs, ou même gladiatrices…

— Et les Prêtres ?

— Je sais que la Fraternité Noire est née du regroupement de plusieurs mouvements religieux ou guerriers. Ils se sont plus ou moins soumis aux deux fondateurs. L'Empereur et le Maître. J'ai appris que l'Empereur a finalement éliminé le Maître avec l'aide d'un troisième comparse, qu'il a finalement banni dans un palais magnifique, une prison dorée. Je ne sais pas où vit l'Empereur, mais je sais que c'est le chef suprême de la Ligue de la Foi. Il a su habilement profiter des guerres et des catastrophes partout dans le monde pour drainer le flux des millions de réfugiés. C'est lui qui a réuni secrètement les chefs religieux ou guerriers venus de nombreux pays. Il a parfois modéré leurs ardeurs, parfois soufflé sur les braises et leur a tous promis le pouvoir s'ils s'unifiaient sous sa direction. Ceux qui n'ont pas suivi ont été discrètement éliminés. Les plus radicaux ont été soumis par la force. Le but était de faire du réfugié une marchandise malléable qui déstabiliserait les gouvernants. Il suffisait de les diriger vers des anciennes villes où ils ne trouveraient que haine et incompréhension. Des millions sont morts, noyés, affamés, capturés, exploités. Quant aux Exilés, on n'en parle presque jamais. On ne sait pas ce qu'ils sont devenus après leur départ…

Ananda se souvenait de son long voyage vers le Nord. Elle y avait croisé des populations étranges et inconnues. Les montagnes couvertes de jungle abritaient des chasseurs-cueilleurs aux étonnants talents artistiques. Ils se disaient eux-mêmes très anciens, venus d'un autre continent dont ils avaient conservé l'art ascétique et dépourvu de couleurs tant prisées ailleurs. Mais les crises, les guerres et les massacres les avaient toujours plus repoussés dans des contrées inhospitalières où ils ne faisaient que survivre.

D'autres, plus traqués encore, s'étaient rassemblés sans règles et sans coutumes, se donnant mutuellement protection par le nombre, partageant de précaires abris, ne possédant que leur liberté, crevant le plus souvent de faim, se déplaçant sans cesse pour échapper aux Frères Noirs et pour trouver maigre pitance. Ananda ne les avait vus que fugitivement, farouches et misérables,

les femmes prêtes à se battre, même tenant au sein leur bébé, les hommes explorant en tête avec de sombres yeux inquiets. Elle les avait surnommés « les Fils du vent ».

Un autre peuple, d'anciens nomades, s'était fixé à l'orée d'une haute montagne — la plus haute du monde, disait Ananda — et vivait près d'un lac une existence paisible et oubliée. Avec une particularité unique : ce sont les femmes qui décident de tout. Il n'y a ni autorité paternelle, ni devoir ou droit marital. Le mariage n'y existe pas. Les hommes n'ont pas de propriété et ne lèguent pas leur nom. Tous les privilèges reviennent aux femmes, notamment aux plus âgées qui sont les cheffes de clan. Tous les enfants vivent auprès de leur mère. Les mâles quittent à l'adolescence la maison familiale qui se transmet aux filles de génération en génération. Elles obtiennent leur propre chambre et sont donc libres de découvrir le sexe, mais peuvent prendre tout le temps nécessaire jusqu'à ce qu'elles se sentent prêtes à devenir femme. Au début d'une relation, elles restent discrètes, car elles ne sont pas forcées de révéler le nom de celui qui escalade la maison et se glisse dans leur chambre.

Lorsqu'Ananda était arrivée avec ses parents dans la plus proche cité de la Fraternité Noire, elle y avait côtoyé des réfugiés de toutes origines, de toutes coutumes. Parfois violemment opposées. Des peuples à la peau très claire se mélangeaient à des ethnies à la pigmentation très noire. La couleur des cheveux variait à l'infini. Nombreuses étaient les familles aux yeux en amande, comme elle, mais dont la peau était de couleur jaune. Et à son arrivée au Temple, les Sœurs ressemblaient à ces familles. Mais des différences subtiles marquaient leur visage. Et elles usaient d'une langue différente, qu'elle avait appris à parler et à lire.

— Oui, la langue que parlait Kagi. Et qu'il m'a enseignée… la coupa le gladiateur.

Aoki s'étonna de toutes les différences qui parsemaient les habitants de ce monde. Il en pressentait que les frontières reculeraient au fur et à mesure de ce qu'il apprendrait. Il continua en racontant que certaines arènes accueillaient bien des gladiatrices, et que parfois même elles affrontaient des hommes. Certaines portaient de lourdes protections, d'autres combattaient seins nus et sans casque. Elles vivaient de la même façon que les gladiateurs de sexe mâle, mais beaucoup d'entre elles étaient volontaires, attirées par une vie courte sans doute mais qui leur assurait la nourriture et le gîte. Des esclaves volontaires. On disait que certaines femmes Minekos venaient s'encanailler dans l'arène, munies d'une ceinture d'énergie, en venant affronter des gladiatrices. Et les ramenaient ensuite dans leur couche... Ananda eut un regard énigmatique.

— Oui, Aoki, les femmes sont tout aussi capables de se battre que les hommes. Elles ne sont ni moins cruelles ni plus impitoyables...

Elle reprit son récit. Lorsque la majorité de la population eut péri, le virus avait fini par disparaître. Mais la terrible chaleur avait encore chassé les survivants. Année après année, d'effroyables épisodes de canicule s'abattirent sur le pays, et le Sud, plus durement touché, devint peu à peu inhabitable. Les populations fuirent les zones où la vie devenait impossible. Des troubles éclatèrent au sein de foules devenues incontrôlables. La mort s'ajoutait à la misère, la violence se transformait en crime et en banditisme. Alors la Fraternité Noire organisa le déplacement de milliers de survivants vers le Nord, créant les premières cités. Imposant peu à peu son monopole sur la nourriture, l'énergie, ou la guerre. Les cités s'étendirent et furent le dernier refuge de ceux qui n'avaient rien.

— Comme Irina.

— Oui, comme Irina. Mes parents faisaient partie des premiers réfugiés. On les a attirés avec la promesse d'une vie meilleure. Mais ils sont morts peu après leur arrivée, épuisés. Et moi, j'ai été recueillie par le Temple.

Aoki ne se souvenait pas de ses parents. Il était trop jeune lorsque les Frères l'avaient ramassé, il ne savait où. Ses premiers souvenirs remontaient à l'arène, et c'est Kagi qui l'avait élevé. Il avait déjà raconté tout ça à la jeune fille, mais c'était la première fois qu'Ananda se livrait ainsi, et il se demandait pourquoi. Alors il fit à son tour le récit de son pèlerinage, pensant que la jeune fille avait besoin de l'entendre parler. Il raconta l'enfer de Tokohama et les souffrances des novices. Il savait la jeune fille attentive, mais devinait qu'elle l'avait accompagné en esprit durant son long calvaire. Il lui confia ses craintes diffuses sur la signification de cette épreuve qui n'appelait que peu de survivants. Que devenaient-ils ? Probablement de futurs Prêtres, aptes à recevoir des secrets et des enseignements inconnus. Il y avait certainement peu de Grands Prêtres comme Madara. Dotés de pouvoirs réservés à une élite et instruits d'un but qui lui restait très vague.

Ananda n'en savait guère plus que lui, mais son intuition la conduisait vers l'avenir, en particulier celui d'Aoki. S'il avait survécu, ce n'était pas pour suivre les plans tortueux de Madara ou quelque autre Grand Prêtre plus puissant. C'était pour suivre son propre chemin. Et ce chemin, elle le sentait de toute son âme, était celui qui conduirait vers un futur différent, celui d'une liberté nouvelle pour tous ceux qui souffraient entre les griffes de la Fraternité Noire.

Encouragé, l'ancien gladiateur raconta qu'il avait lu de curieuses inscriptions sur les ruines du tombeau. Il en connaissait les mots — c'était les idéogrammes que lui avait enseignés Ananda — mais leur signification lui était inconnue. Et puis il parla des mousses.

— Les mousses ?

— Oui. Sur le sol et sur les ruines, aucune végétation ne pouvait pousser. Aucune vie, végétale ou animale. Sauf les mousses.

La jeune fille n'en devinait pas l'importance. Mais l'instinct d'Aoki lui soufflait que les discrètes mousses annonçaient le renouveau, que même l'enfer de Tokohama ne resterait pas à jamais condamné. Les vociférations des Frères n'y changeraient rien. La vie reviendrait un jour. Et il était bien décidé à choisir son chemin. Lui qui avait tant côtoyé la mort, lui qui ne connaissait de l'existence qu'un sol aride et une lutte perpétuelle pour le plaisir immonde du sang, il savait à présent qu'autre chose était possible. Et la mort le repoussait, comme il l'avait repoussée sous les gradins d'Irina. Oui, il préserverait la vie. Quoi qu'il arrive.

— Tu as beaucoup changé, Aoki. Plus que tu ne crois…

— J'ai survécu.

— Pas seulement. Tu n'es pas seulement plus grand, plus fort, plus résistant. Tu es… différent.

La jeune fille n'en dit pas plus. Mais Aoki médita longtemps ces paroles. Il se rendait compte que ce retour auprès d'Ananda était inespéré et il se sentit une immense responsabilité à son égard. Et comprit également que sa compagne ressentait la même responsabilité vis-à-vis de lui.

Oui Aoki, tu ne seras plus jamais le même. Tu ne sais pas encore tout ce qu'il y a en toi. Moi je vois tes possibilités à venir, et elles sont immenses. Tu n'as vu que les changements qui ont affecté ton corps. Moi je vois ce qui est à l'intérieur de toi. Sais-tu que tu viens d'acquérir un nouvel organe, que tu es le seul à posséder ? Sous ta peau s'est formé un tissu qui recouvre tout ton corps, un fluide souple qui irrigue désormais tout ton organisme et t'a protégé des radiations. Jusqu'à un certain point. Tu n'es pas invulnérable, Aoki, mais tu es une formidable machine de guerre ! Malheureusement et par ma faute, tu as perdu ton bras. C'est à moi qu'il appartient maintenant de veiller sur toi…

Aoki avait profité du silence soudain d'Ananda pour se concentrer sur le paysage nouveau dans lequel évoluait la chaloupe. Les plaines et les fleuves avaient progressivement cédé la place à des structures rocheuses de plus en plus élevées. Le jeune gladiateur avait appris de Kagi qu'il existait des « montagnes » et que les plus hautes se dressaient à des hauteurs égales à plusieurs milliers d'arènes. Il savait à présent ce que cela représentait et il se disait que le monde était de plus en plus vaste au fur et à mesure qu'il l'arpentait. Et il s'enivrait de découvrir d'aussi larges horizons, des cieux nouveaux et des couleurs aux nuances inconnues. Kagi lui avait raconté, un soir de découragement pour le jeune apprenti gladiateur confronté à des lutteurs qui lui paraissaient gigantesques, la légende de celui qui « déplaçait les montagnes ». L'histoire avait fasciné le gamin apeuré, et le ton bienveillant du maître d'armes lui avait rendu son courage.

À présent, celui qui devenait un homme comprenait que l'on peut déplacer des montagnes de bien des façons...

Son attention fut attirée par des points argentés régulièrement disséminés sur les plus hauts sommets. Il sentit dans son esprit celui de la jeune fille, elle lui apprit qu'il s'agissait de dispositifs destinés à provoquer des pluies artificielles. Elles avaient apporté une solution provisoire aux sécheresses catastrophiques qui avaient jeté les populations sur les routes. Cependant, les semeurs de nuages étaient allés trop loin et les précipitations incontrôlées avaient généré des inondations et des ouragans qui avaient achevé de ravager les dernières ressources alimentaires. Les expériences avaient été abandonnées, sinistres vestiges de projets démentiels. Mais les forêts avaient peu à peu remplacé les champs et les ruines étaient noyées sous de silencieuses frondaisons.

Le gladiateur commençait à se former une image de ce monde nouveau dans lequel Madara l'avait jeté. Un monde où l'intelligence des hommes n'avait d'égale que leur folie. Un monde absurde et cruel où il faudrait désormais vivre et combattre. Un monde bien plus féroce que l'arène, sans règles et sans pitié. Mais un monde dans lequel il avait une place à tenir. Et à défendre. Il y était prêt, avec Ananda.

— Nous sommes arrivés, Aoki.

— Je vois une construction sur la montagne.

— Ta vue est si perçante ! Je n'avais fait que deviner dans mon esprit. C'est le monastère...

Cela s'appelait donc un monastère.

Aoki se demanda si cela était comme le Temple.

8 – Le livre de Choden

« Si tu vois un guerrier aux cheveux blancs,
n'essaie pas de l'affronter. »
(Livre de Choden)

Aoki fit atterrir doucement la chaloupe sur une immense terrasse de pierre bordant le monastère. C'était l'extension d'une caverne naturelle dans la roche montagneuse, haute et imposante, même au sein de la gigantesque masse de pierre dont on en avait tiré les éléments. Lorsque se fut posée la chaloupe, la terrasse se remplit de dizaines de personnes vêtues de robes colorées flottant au vent. Ananda eut la surprise de retrouver sur leur visage les traits familiers qui lui rappelaient les siens : les pommettes hautes et les yeux en amande. Aoki, quant à lui, avait vu tant de combattants différents qu'il ne s'étonnait plus des différences physiques.

Mais lorsque les deux jeunes gens sortirent de la chaloupe, le gladiateur comprit que sa propre apparence les effrayait au plus haut point. Certains, même, reculèrent et rentrèrent dans le monastère.

Ils furent immédiatement surpris par l'air qu'ils respiraient. Il était froid et sec mais plus difficile à absorber par les poumons. Ananda eut beaucoup de mal à inspirer régulièrement, et resta immobile, essayant de s'acclimater à cette atmosphère plus pauvre en oxygène. Aoki, quoique moins affecté, avait lui aussi du mal à respirer. Mais son organisme parvenait déjà à s'habituer.

L'un des accueillants se tenait en tête du groupe et son large sourire creusait de vivantes vagues sur un visage déjà incroyablement fripé par l'âge. Mais sa stature droite et fière était celle d'un corps en pleine santé. Ses yeux brillaient d'un éclat vif et aigu, mêlé de bonté et de bienveillance. Il avança vers Ananda qui baissa timidement la tête devant le vieillard en robe safran.

— Bonjour Ananda.

— *Senseï*[26]...

— Appelle-moi Choden.

Aoki ne parlait pas la langue dans laquelle échangeaient le vieillard et Ananda, mais il comprenait les paroles. Dans sa tête. Il pensa que c'était la jeune fille qui traduisait mentalement, et il s'étonna une fois encore des pouvoirs incroyables de la jeune prêtresse. Ananda se tourna vers lui.

— Je vous présente Aoki.

— Oui. Il est bien tel que tu me l'as décrit. Et bien d'autres choses encore.

Aoki se sentit traversé au plus profond par le regard perçant de Choden. Dans l'arène, il avait appris à jauger rapidement celui qui se présentait face à lui. Le vieil homme n'était pas très grand, mais d'une carrure impressionnante. Son corps avait des articulations et des os solides et il était plein de vigueur. Son regard brillait d'une lumière féroce, comme s'ils irradiaient l'énergie. Il regardait fixement Aoki, comme lui-même le faisait lorsqu'il rencontrait quelqu'un pour la première fois. Mais Choden semblait déjà savoir tout sur lui. Et puis son regard redevint doux et bienveillant. Et Aoki pressentit que ce vieillard au crâne chenu était bien plus qu'un sage moine solitaire. Choden lui parla à son tour, et cette fois, Aoki sut qu'il s'adressait directement à lui-même. Dans sa tête.

— Ne leur en veux pas, Aoki. Ils ont cru reconnaître en toi celui qu'ils nomment le *Migou*, le Yéti...

— Qui est-ce ?

---

26 – Maître.

— Autrefois, il hantait ces montagnes. Il était le dernier d'une race d'hommes à présent disparue. Mais tu portes en toi les souvenirs de cette race. Ne savais-tu pas à quel point tu étais différent ?

Aoki ne répondit pas. Les moines qui avaient reculé revenaient peu à peu, rassurés par le calme de Choden. Celui-ci continuait à observer le gladiateur.

Oui, il est celui qu'Ananda m'a décrit. Mais tellement plus encore… Immobile, il garde parfaitement son équilibre, comme s'il était ancré au sol. Il n'a pas besoin de savoir où il se trouve pour se sentir d'instinct en sécurité. Même privé d'un bras, il se déplace en ayant totalement conscience de tout son corps. Je suis certain qu'à la course il distance la plupart des hommes. Il est celui que je pressens.

Aoki avait profité du silence de Choden pour maîtriser totalement l'air qu'il respirait. Il se sentait bien, libre et en sécurité. D'instinct, il avait utilisé son nouveau pouvoir pour inviter le sang qui coulait en lui à produire une énergie supplémentaire et ouvrir les canaux qui le transportaient dans tous ses organes. Près de lui, Ananda souffrait encore, et il savait qu'elle devrait patienter encore avant de s'adapter.

Il ne s'étonnait plus d'être différent. Il devinait que le tombeau de Tokohama avait simplement réveillé et accéléré quelque chose qui était déjà en lui. Il savait aussi que rien n'était arrivé au hasard dans son existence, depuis l'entraînement de Kagi jusqu'à ce refuge dans un monastère oublié du monde. Il ne connaissait pas le mot « destin », mais s'abandonnait librement aux chemins qui s'ouvraient devant lui.

Plus tard, lorsque la jeune fille et le gladiateur se furent restaurés et reposés, Choden demanda à l'un des moines — Norbu — de leur faire visiter le monastère. Aoki fut particulièrement impressionné par la bibliothèque, une salle immense de plus d'une arène et si haute que l'on en devinait à peine le plafond. Le gladiateur croyait que la petite réserve de livres de la cellule d'Ananda, au Temple, était la somme des connaissances que le monde pouvait posséder.

Mais ici, l'humilité lui venait en contemplant ces colonnes d'ouvrages, ces rayonnages surchargés et l'épaisseur des volumes qui se succédaient. Il comprit que la connaissance était infinie, qu'elle ne servait qu'à repousser toujours plus loin les limites de l'ignorance. Près de lui, Ananda semblait proche du vertige en réalisant tout ce qu'elle ne connaissait pas. Aoki le sentit, et pressa tendrement sa rude main sur l'épaule frêle. Elle lui sourit avec reconnaissance.

Dans le courant de la journée, le jeune homme s'aperçut que la chaloupe avait été détruite par les moines. Ses restes soigneusement démontés avaient été enfouis loin du monastère, lui apprit Ananda. Norbu lui avait expliqué qu'elle aurait pu servir à attirer la Fraternité Noire, ses composants étant probablement « tracés » par les techniciens. Si le gladiateur regretta la disparition de leur seul moyen de fuite, il comprit la sagesse d'une telle décision.

Le soir venu, les deux jeunes gens participèrent au repas commun des moines sous l'œil scrutateur de Choden. Le silence était la règle et l'alimentation frugale. Aoki s'en accommodait, aussi bien qu'Ananda, accoutumée au Temple. Sortis du réfectoire, les moines se montraient bruyants, et les plus jeunes, insolents et pleins de fougue. Puis le monastère se vida de son petit peuple et le silence régna.

Les deux jeunes gens gagnèrent leurs cellules que Choden avait choisies côte à côte. Ils se rejoignirent dans celle d'Ananda, un peu plus spacieuse que les autres car elle était la seule femme, et ils purent enfin passer du temps ensemble. Ils savaient tous deux que leurs liens s'affermissaient de jour en jour, et Ananda fit comprendre à Aoki qu'elle voulait lier sa vie à celle du gladiateur. Aoki acquiesça avec empressement. Ils se séparèrent enfin pour aller se reposer.

Dès le lendemain commença une vie austère et paisible. Choden avait demandé à Norbu de diriger le monastère pour que le vieux Maître puisse se consacrer entièrement aux deux jeunes gens. Aoki ne demanda jamais pourquoi Ananda l'avait fait venir ici, avec elle, mais il devinait que c'était à la demande de Choden. Un jour, il y aurait des réponses, et les questions seraient inutiles. Chaque jour, désormais, se déroulerait d'une façon immuable.

Le matin, Aoki et Ananda se réunissaient dans le *Kalari*[27], une petite pièce nue, sévère et sans fenêtre. Le sol était de terre battue, ce qui plut à Aoki, heureux de fouler à nouveau un sol qui lui rappelait celui de l'arène. La pièce, rectangulaire, était destinée à l'entraînement. Point d'armes tranchantes pour le gladiateur, ici le solamétal ou l'acier antique était inexistants. Seuls quelques bâtons de longueurs et de formes différentes étaient à disposition des combattants. Car le but de l'entraînement était bien le combat, à la surprise d'Aoki. Il n'avait pas réellement connu d'entraînement depuis le Temple, et se demandait la raison de la présence d'Ananda. Choden expliqua les règles en quelques mots. Si les armes étaient en bois, c'est que les combattants n'avaient aucune limite pour porter les coups… Excepté à certains points vitaux, tels que la nuque, les tempes, certaines vertèbres, le sternum, l'estomac, la base du nez, les articulations, les organes génitaux et… la curieuse bosse que seuls possédaient les hommes, au cou, sous le menton. Cela fit rire Ananda.

Le premier matin fut une succession de surprises pour Aoki. La plus grande de toutes, ce fut lorsque Choden demanda aux deux jeunes gens de combattre ensemble. Ananda avait choisi une arme longue et Aoki un bâton plus court, se demandant comment il allait combattre de son unique bras. Il se recommanda d'être prudent avec la jeune fille pour ne pas la blesser. Elle lança une première attaque, haute et rapide. Aoki ne chercha pas à parer et s'enfonça dans la garde de la jeune femme, mais Ananda s'écarta, rapide comme l'éclair, et balaya la jambe d'attaque d'Aoki de son bâton. Il chuta lourdement, gêné par son arme, et ne put éviter qu'Ananda vienne poser son arme sur sa gorge. Il reprit rapidement l'initiative et envoya chuter à son tour la combattante d'un simple balancement des hanches. Ils roulèrent sur eux-mêmes dans le même mouvement et se retrouvèrent de nouveau en garde. Le silence fut brisé par Choden. Le ton était abrupt, inflexible.

27 – Salle d'entraînement.

— Tu étais loin de te douter que cette petite femme te mettrait à terre, visiblement. Le gladiateur que tu es doit s'attendre à n'importe quel combattant ! Si Ananda avait disposé d'un couteau, elle t'aurait tranché la gorge. Quant à toi, tu as aussi sous-estimé ton adversaire, tu as été incapable de l'immobiliser lorsqu'il était au sol. L'une est rapide, l'autre est puissant. À présent, voyons ce que vous pouvez faire contre moi. Vous deux ensemble !

Aoki, encore sur le coup de la surprise, jeta son arme au sol en voyant Choden désarmé. Ananda choisit de garder son arme favorite. Elle se rua sur Choden avec toute la vitesse dont elle était capable. Le vieil homme eut un geste imperceptible du bassin, esquiva l'attaque et envoya rouler la jeune fille d'un geste du poignet. Lorsqu'il se retourna vers Aoki, l'arme était sienne. Mais le vieil homme la jeta à terre, imitant le geste du gladiateur. Il s'approcha dans la garde de Choden et porta une série de coups. Choden esquiva les trois premiers et lança un coup de pied qu'Aoki esquiva également. Le gladiateur attaqua de nouveau pendant qu'Ananda revenait à la charge. Choden esquiva les deux attaques mais ne put éviter un dernier coup du jeune homme. Le coup n'était pas très puissant et le vieil homme le reçut sans être à peine ébranlé. Les deux jeunes gens conjuguèrent leurs attaques et Choden recula, tout en bloquant les coups de ses adversaires. Acculé au mur, il tendit ses deux mains et le gladiateur et la jeune fille furent rejetés en arrière, propulsés par une force invisible ! Choden s'avança avec douceur devant eux.

— Vous êtes jeunes et impétueux, mais vous n'avez pas encore toutes les connaissances de l'énergie. Surtout toi, Ananda. Vous avez encore beaucoup à apprendre. Je serais honoré de vous instruire.

La matinée fut longue et douloureuse, et les membres des deux jeunes gens devinrent tour à tour rouges puis parsemés de bleus.

Après le repas collectif, Choden convoqua ses deux élèves dans la bibliothèque. Il donna à Ananda mission de s'instruire par les livres, et au jeune gladiateur de s'instruire par la méditation. Ananda s'exécuta docilement, avec un plaisir non dissimulé, et un clin d'œil complice à Aoki cependant que le jeune homme suivait Choden, se demandant ce qu'était « méditation ». Au début, cela lui plut beaucoup, car il fallait s'asseoir en tailleur près de Choden, sur les hauteurs du monastère, loin de tout, face au vent glacial qui courait sur les sommets aigus des montagnes. C'était fort, régénérant, silencieux. Mais au bout de deux heures, Aoki commença à ressentir de l'inconfort, et remua un peu, pour le faire comprendre à son instructeur. Une voix résonna à l'intérieur de sa tête.

Si tu n'es pas capable de subir la première leçon, qu'en sera-t-il des suivantes ? Patiente et écoute…

Aoki s'immobilisa tout net ! Ainsi Choden pouvait aussi parler dans sa tête… Il se demanda s'il pouvait aussi lire dans ses pensées.

Naturellement, je le peux. Toi aussi tu pourras, un jour. Mais le temps n'est pas venu, ton esprit n'est pas encore assez aiguisé. À présent, va rejoindre le monastère. Nous reprendrons demain…

Aoki se leva avec soulagement tout en essayant de masquer ses pensées. Lorsqu'il entendit un petit rire moqueur dans sa tête, il sut qu'il en était encore incapable. Choden était centenaire et le jeune homme n'avait jamais pensé que l'on puisse vivre aussi vieux. Ni qu'un vieillard puisse être aussi fort. Résigné, il salua Choden et redescendit.

Ce soir-là, Ananda et le jeune homme échangèrent leurs expériences.

La jeune fille demanda avec son petit rire cristallin si elle n'avait pas blessé le gladiateur dans le Kalari. Intimidé, le jeune gladiateur rougit et répondit d'un simple « non » de la tête. Redevenue sérieuse, la jeune fille expliqua que son père lui avait appris les rudiments de l'art ancien du combat de son pays. Dans la bibliothèque du monastère, elle avait appris que cet art était l'ancêtre de tous les arts martiaux, et elle comptait se perfectionner avec l'aide de Choden. Aoki crut entendre parler Kagi lorsqu'Ananda lui apprit que cet art enseignait non seulement les techniques qui tuent mais aussi celles qui soignent. On y apprend la connaissance des points vitaux, les techniques de massage. On y apprend autant les positions très basses que celles permettant de sauter comme des animaux. La concentration, la souplesse et la force sont les qualités que le combattant apprend à développer. On se bat à mains nues, avec des armes, dont celles en métal sont à double tranchant.

— Choden semble maîtriser ton art, comme il maîtrise le mien. Et il possède un pouvoir qui m'est inconnu ! Parfois, quand il me touchait, je sentais mon énergie augmenter soudainement. Et l'instant d'après, mes forces s'épuisaient. Quand je m'approchais de lui, il me semblait que ma force était absorbée. J'ai aussi ressenti une énorme pression, comme lorsque je combattais avec Kagi.

— Oui, j'ai ressenti cela aussi. Tu sais, Choden m'a demandé une faveur. Et je vais la lui accorder. Je vais lui en demander une en retour. J'espère qu'il t'apprendra à repousser tes adversaires d'un simple geste de la main…

— Repousser… J'aimerais faire repousser mon bras !

Ananda prit Aoki dans ses bras, autant pour lui apporter toute sa tendresse que pour absorber la force brute qui émanait du jeune gladiateur.

— Choden est capable de beaucoup de choses. Mais je sais que toi aussi. Plus encore, peut-être… Tu sais, la première fois que je t'ai vu, j'ai ressenti quelque chose d'extraordinaire. Une attraction irrésistible. C'est quelque chose qui me pousse vers toi, tu le sais. Mais pas seulement. Tu dégages quelque chose d'unique, d'exceptionnel. Tu attires à toi les événements et les gens. C'est pour cela que Choden m'a demandé de t'amener avec moi. Il a ressenti la même chose à travers moi. Tu connais ton habitude de marcher pieds nus sur la terre. Tu as un contact particulier avec la terre, tu la ressens au plus profond de toi. J'ai rêvé que tu étais comme des hommes d'il y a très longtemps, des hommes qui te ressemblaient, qui avaient le même physique que toi, la même capacité à ressentir la terre. J'ai rêvé aussi que tous ces hommes avaient disparu, parce qu'ils s'étaient sacrifiés pour protéger la Terre alors qu'elle était en danger… Et lorsque j'ai vu que ta blessure s'est refermée d'elle-même, peu de temps après le sabre de Madara, j'ai su que tu pourrais la guérir, j'ai su que tu pourrais retrouver ton bras… Tu peux te soigner tout seul, Aoki, et peut-être que tu peux aussi soigner la Terre, soigner ce monde qui souffre tellement. Ne change pas, Aoki, continue à marcher pieds nus sur la terre, continue à marcher sur ton chemin, ne change pas !

Épuisée, Ananda se laissa aller contre Aoki. Et le gladiateur, épuisé lui aussi, recueillit ce jeune corps palpitant tout contre lui. Il se fit la promesse muette de protéger Ananda et de protéger le monde qui l'entourait. Ce monde qu'il ne connaissait qu'à peine mais dont il avait ressenti les douleurs dans sa chair. Il n'osa pas interroger Ananda, il brûlait cependant de connaître la faveur que Choden lui avait demandée. Doucement, la jeune fille toucha son esprit pour le lui confier.

Aoki, tu n'as rien à craindre de Choden, je suis en sécurité ici avec lui. Il m'a confié une tâche très importante car il approche du terme de sa vie. Il veut léguer toutes ses connaissances dans un Livre que je vais écrire pour lui. En parlant avec lui dans sa tête, j'ai eu accès à une infime partie de ce qu'il sait, et j'en ai été bouleversée. J'en ai pleuré, et en même temps cela m'a rempli d'une grande humilité. Choden a vécu déjà très longtemps, il a connu le monde d'avant Tokohama, d'avant la Fraternité Noire, d'avant les Exilés. Son premier élève fut Kagi, qu'il a chargé de t'enseigner la science du combat dans l'arène. Ne me demande pas pourquoi, je n'en ai aucune idée. Mais il t'a choisi, Aoki, depuis très longtemps. Et ceux de la Fraternité se doutent de quelque chose. Ils ne te connaissaient pas, mais ils attendent quelqu'un comme toi, quelqu'un qui va couronner leurs recherches. Car ils expérimentent des choses abominables dont je n'ai encore qu'une faible idée. C'est pour cela que Madara t'a recruté comme novice et qu'il t'a fait subir les supplices du Tombeau. Tu as survécu d'une manière inattendue, alors il ne te lâchera plus jamais. Tu dois les fuir, Aoki, plus que tout ! Et tu en es capable, j'en suis convaincue. Tu vois, mes intuitions te concernant se révèlent fondées. Tu es promis à un grand destin, mon tendre gladiateur, même si je ne le connais pas encore. Et encore moins le mien. J'ai demandé à Choden de nous marier avant ton départ. Car tu devras partir… Tôt ou tard, les Prêtres Noirs sauront que tu es là. Nous avons quelques mois encore et tu devras profiter des connaissances de Choden. Pendant que moi, je les inscrirai sur son grand Livre. Nous apprendrons ensemble... Et lorsque tu partiras, je devrai rester ici, Choden m'a prévenue que tu seras plus seul que jamais. Mais c'est le chemin de ta liberté. Ne te laisse jamais enchaîner...

Et ce soir-là, Ananda demanda à Aoki de partager sa couche...

9 – *Les visions d'Ananda*

« Entraîne-toi à tomber.
C'est la meilleure manière de se relever. »
(Livre de Choden)

Bientôt les journées se ressemblèrent, aux rites et habitudes immuables. Mais nulle routine dans l'apprentissage des deux jeunes gens. En riant, Ananda avait soufflé à Aoki qu'ils étaient des « apprentis sages », et cela lui convenait, tout simplement. Il ne se posait plus de question, Choden apportait les réponses lorsque l'heure était venue et Ananda confiait au gladiateur la plupart des connaissances du vieux maître.

Ananda avait cessé de s'entraîner avec les deux hommes, le niveau du gladiateur était tel que seul Choden lui était encore supérieur. Si Aoki doutait égaler un jour le vieux moine, Ananda savait que ce jour arriverait. Elle ne connaissait pas l'avenir, mais la masse de connaissances que lui confiait Choden était le terreau fertile sur lequel croissaient ses intuitions. Elle développait ce don, s'obligeant souvent à taire ce qu'elle voyait de l'avenir d'Aoki. Elle s'inquiétait des épreuves terribles qu'il lui resterait à subir, mais elle ne devait pas les éviter au jeune homme. Elle partageait son don avec Choden qui lui apprenait à l'apprivoiser, ainsi qu'à domestiquer les émotions qu'il provoquait chez la jeune fille. Bientôt, elle put se contenter de retranscrire seule ce que Choden lui dictait la veille.

Le vieux maître passait tout son temps avec les deux jeunes gens. Il se réjouissait de leurs progrès, et patientait pour ceux qu'ils n'avaient pas encore réalisés. Il entraînait Aoki tout le matin, sans pitié, mais avec bienveillance. Et passait l'après-midi à instruire Ananda, pendant qu'Aoki méditait seul, sur son sommet isolé. Choden savait qu'il s'épuisait ainsi, et rendait plus proche l'heure de son départ de ce monde, alors il faisait de son mieux pour léguer les trésors de sa vie. Norbu dirigeait à présent le monastère et formait les moinillons. Conscient de sa responsabilité et de l'imminence de la mort de son maître, il apprenait lui aussi. Il savait qu'Aoki était l'ultime élève de Choden et respectait pour cela l'être à l'apparence fruste qui effrayait encore les marchands et les paysans du village voisin.

Quant à Aoki, il n'avait jamais été aussi heureux ! La tendre présence quotidienne d'Ananda et la personnalité exceptionnelle de Choden le remplissaient de joie. L'air froid et sec des montagnes lui était un fluide revigorant, et même la méditation était devenue un plaisir. Il apprenait vite et sentait en lui tous les changements initiés par l'entraînement et la connaissance. Jamais encore il ne s'était senti aussi conscient de ses capacités et il s'étonnait de l'ignorance qui était sienne avant le monastère.

Deux ombres seules ternissaient son bonheur. La pensée de quitter Ananda et la mort du vieux moine. Une autre, alors, venait affleurer à sa conscience. Celle de ses parents et de l'énigme de sa naissance.

Le soir, avec la jeune fille, ils partageaient leurs connaissances et leurs émotions. Ils utilisaient la parole, ou touchaient leurs pensées, dans une osmose qui renforçait leurs liens et leurs sentiments. Ananda apprit à Aoki que le monastère était une oasis de sécurité, dans une région qui était elle-même un îlot où l'on préservait la nature et l'environnement. Les peuples établis là avaient choisi de vivre pauvrement mais de privilégier l'entraide, la solidarité, de cultiver la terre autant que l'art et la connaissance. Lorsqu'Aoki quitterait le monastère, il s'étonnerait sans doute de la végétation qui couvrait les pentes fertiles. Elle décrivit les arbres qui étaient absents d'Irina. Aoki n'en avait encore jamais vu autant, assurait-elle !

Elle apprit au jeune gladiateur que les Exilés avaient quitté ce monde lorsque l'épuisement des terres avait atteint son apogée après des guerres et des dévastations sans fin. Des hommes étaient morts par millions lorsque des bulles mystérieuses étaient sorties de sols autrefois gelés, et dont la glace avait fondu sous l'air de plus en plus chaud. Choden lui avait appris qu'elles avaient explosé et creusé des cratères gigantesques. Un gaz s'en était échappé, un poison pour les êtres vivants et toute la nature. Le ciel était devenu sale, et des maladies inconnues apparurent, causées par des animaux minuscules autrefois enfouis sous les terres gelées. Et lorsque les ressources fossiles furent épuisées, on avait continué à construire les machines dont on croyait avoir besoin, et on avait de nouveau épuisé les terres à la recherche de nouveaux métaux et de minéraux enfouis dans la croûte terrestre. Mais leur rareté n'avait fait qu'exacerber les conflits.

Finalement, les Kimagure avaient mis au point la soler, pour permettre à ceux qui le désiraient de rechercher un monde plus sûr. Alors, des milliers étaient partis dans les étoiles à la recherche d'une nouvelle Terre où recréer leur civilisation. Ceux qui n'avaient pu s'exiler étaient restés, par millions. Mais l'appétit féroce de biens matériels était tel que beaucoup favorisèrent l'énergie maudite, celle que la Fraternité Noire avait honnie. Tokohama et son tombeau fut la chute d'une civilisation arrogante et inconsciente. Aoki comprit que Madara lui avait menti sur les Exilés et sur l'énergie maudite. Jusqu'à quel point ?

— Aoki, ce monde est voué à sa perte. Je le vois, je le sens. Même ce monastère et ce pays sont menacés. Les fous de la Ligue de la Foi et l'égoïsme des Minekos vont le transformer en un désert aride où seule leur puissance régnera. Toi et d'autres hommes pouvez les en empêcher, c'est cela ton destin, celui de les rassembler. C'est pour cela que ton apparence physique est si différente. Ta carrure, tes muscles massifs et ta force exceptionnelle te rendent plus apte à survivre. Ta peau claire et tes cheveux épais te protègent du froid.

Ta crête osseuse et tes grands yeux sont des vestiges d'hommes très anciens, maintenant disparus, et qui étaient plus forts que les hommes modernes.

— Comme le Migou...

— Oui, Aoki. Sans parler de tes six doigts qui rendent tes mains plus aptes à broyer, et tes six orteils qui te font des pieds plus doués pour escalader. Tu n'es pas fait pour manier des outils très fins, mais pour le combat et la défense. Ta morphologie te permet de lancer plus loin et plus fort. Je t'ai vu utiliser des armes nouvelles, que tu fabriqueras toi-même : lance, fronde, boomerang... Essaie d'éviter le corps-à-corps, car sur ton chemin tu rencontreras des ennemis nombreux et puissants.

— Et mes nouveaux pouvoirs, apparus après le pèlerinage ?

— Tu es ce que l'on appelle un mutant, mon cher gladiateur. Un être en continuelle évolution. C'est pour cela que Choden t'a choisi, et que la Ligue de la Foi te recherche. Mais pas pour les mêmes buts !

— Que dois-je faire, Ananda ?

— Choden ne le sait pas, mais moi je l'ai vu. Je t'ai vu rechercher quelque chose. Quelque chose d'énorme, d'un noir brillant. Une structure gigantesque dont je ne peux deviner l'usage. Elle ne ressemble à rien de ce que nous connaissons. Mais je sais qu'elle est très importante !

Aoki ne comprenait pas quel était son rôle mais il vit la structure noire dans l'esprit d'Ananda. Elle lui ouvrit totalement son esprit, et il vit. Et il sut que la jeune prêtresse avait raison. Il saurait reconnaître la grande chose noire et brillante lorsqu'il la verrait. Et puis il sentit doucement s'affaisser la jeune femme.

Je... je n'ai jamais encore fait ça... ouvrir totalement mon esprit à quelqu'un... je suis épuisée...

Aoki recueillit Ananda contre lui et l'apaisa par des paroles douces. Il était immensément ému de ce qu'elle venait de faire pour lui, et il sentit encore grandir l'amour et l'admiration qu'il lui portait. Il décida d'attendre plus tard pour lui révéler ce qu'il avait découvert en lui. C'était tout aussi extraordinaire que la grande chose brillante. Dans une extase soudaine, il avait absorbé les particules de lumière de l'astre solaire, à son coucher, et condensé dans son corps toute l'énergie reçue.

Au matin du jour suivant, il s'était aperçu qu'il n'avait plus d'ombre…

Le lendemain, il poursuivit l'expérience conseillée par Choden. Il se priva volontairement de nourriture et découvrit qu'il pouvait dominer la faim en puisant dans les ressources vitales qui étaient en lui depuis le pèlerinage et l'extase de lumière. Les jours suivants, il se priva également d'eau et ajouta une nouvelle épreuve à ses séances de méditation. Il força son corps à l'apnée, à se priver de l'air raréfié. Au bout de trente jours, il comprit qu'il pouvait dépasser le défi de Choden. Trois minutes sans oxygène, trois jours sans eau et trente sans nourriture. Il annonça à ses deux amis qu'il pourrait désormais s'abstenir de manger lorsque les circonstances l'exigeraient.

À présent, l'élève n'avait plus besoin de la présence physique de son maître. Il lui ouvrait simplement son esprit, comme l'avait fait Ananda, et le vieux moine instillait ses connaissances, ses conseils et son art. Le gladiateur laissait son esprit et son corps absorber les pensées de Choden. De nouveau, il se sentit changer.

Tu es comme un nouveau-né, Aoki. Tu découvres le monde et tu découvres celui qui est en toi. Tu as subi de lourdes épreuves, pour un être aussi jeune. Mais tu portes les souvenirs d'une race disparue. Comme tous les hommes. Si ces souvenirs se sont réveillés chez toi, c'est parce que ce monde est en train de changer et qu'il exige de s'adapter. Tu es le premier d'une espèce qui devra changer avec le monde pour le transformer. Je sais que tu ne comprends pas mes paroles, je te demande seulement de les retenir. Et de suivre mon enseignement. Mais pas seulement. Tu dois aussi apprendre seul. Comme tu l'as fait lors de l'épreuve du Tombeau. Je vais t'accompagner sur le début du chemin, et lorsque tu seras capable de le suivre seul, je te laisserai partir.

Au fil des jours, des semaines et puis des mois, le gladiateur d'Irina devint Aoki le prédestiné. Il se fiait aux intuitions d'Ananda et à l'enseignement de Choden. Il acérait son esprit et son corps par la méditation et l'entraînement.

Peu à peu, il connut ce qu'il était, qui il pouvait être, et comment. Il sut que les épreuves n'étaient pas terminées, que la mort le guetterait, fidèle compagne de chemin, et que le sang devrait encore couler pour fertiliser le Nouveau Monde. Il visualisait la grande structure noire et comprit que son image saurait guider sa route. Il sut également que le vieux maître influait subtilement sur lui pour régénérer son corps, affaibli par les affres du pèlerinage. Choden lui avait dit que son corps subissait encore les effets de la maladie de la fragmentation et des radiations. Pour le guérir complètement d'un éventuel retour des plaques bleues, il lui conseilla de dormir sous les effluves d'une plante bien connue des Temples et des Prêtres. En souriant, il ajouta qu'ainsi Ananda en tirerait aussi tous les effets bénéfiques… Ce que la jeune femme confirma, elle en reconnut le fort parfum.

La plante secrète et la capacité de mutation permirent d'abord à Aoki de guérir de ses blessures et de retrouver la couleur originelle de ses cheveux. Mais les enseignements de Choden allaient encore plus loin. Aoki comprit que ce n'est pas la volonté ou l'effort conscient qui guérit, mais l'attention et la conscience. Il sentit que son corps changeait, tout en rajeunissant à l'intérieur. Il pouvait désormais plonger en lui-même et observer l'architecture de ses organes. Plus profondément encore, il explora ce qu'Ananda appelait ses « cellules » et en comprit le fonctionnement. Il en bloqua les mécanismes de vieillissement puis rechercha le schéma qui commandait le processus de régénération et découvrit qu'il lui fallait activer les cellules afin d'en faire des matrices pour de nouvelles.

Ananda lui avait parlé de ces petits animaux capables de faire repousser leur queue lorsqu'elle avait été perdue. Alors il lui demanda de chercher dans la bibliothèque du monastère pour trouver d'autres exemples de régénération chez les animaux. La jeune prêtresse lui révéla que chez certains « poissons » — Aoki ne savait même pas que des animaux pouvaient vivre dans l'eau ! —, un mécanisme réparateur protégeait leur colonne vertébrale du stress quand ils commençaient à « nager » — il se promit d'essayer lui aussi de se déplacer dans l'eau, conscient qu'il pouvait à présent retenir sa respiration au-delà des limites humaines. Ananda pensait que si Aoki pouvait maîtriser ce mécanisme, il pourrait protéger l'ensemble de ses os de la plupart des coups non mortels. Elle lui apprit même qu'une petite « méduse » était capable de revenir indéfiniment à son stade originel, et qu'elle était donc immortelle… Aoki se demandait si l'Immortalité ne serait pas très ennuyeuse.

Aucun des trois ne parlait jamais du bras perdu au cours du combat avec Madara. Mais chacun attendait que le jeune homme parvienne à le faire repousser… Pour les deux hommes, c'était un bénéfice secondaire intéressant, mais Ananda, seule, souffrait en silence pour Aoki ; elle ne comprenait pas qu'elle ne puisse voir dans ses intuitions la guérison complète de son homme. Quant à Choden, il laissait l'instinct d'Aoki le guider dans son exploration interne et observait avec satisfaction les progrès rapides de son élève.

Mais il visait un but ultime, plus élevé encore et inaccessible pour n'importe quel être humain autre qu'Aoki. Il savait que les Prêtres de la Fraternité Noire poursuivaient un but similaire mais beaucoup plus dangereux pour l'avenir de ce monde…

Un après-midi, le vieux maître recommanda à la jeune femme un des livres parmi les plus anciens de la bibliothèque. Il contenait, lui dit-il, l'essentiel de ce qu'il avait appris et des secrets qui ne devaient être connus que des élèves évolués. Ananda rougit de confusion lorsque Choden lui remit un énorme volume fatigué, relié de cuir et doré à l'or fin qui arborait un titre mystérieux, « Le Livre de Gephel »… Elle comprit qu'il serait indispensable si Choden venait à mourir avant qu'il n'ait fini de dicter à sa jeune élève. Elle le remercia avec respect et humilité, assurant qu'elle ferait tout pour être digne de ce présent. Avec son humour habituel, Choden assura qu'il en était certain !

Soulagé, Choden put enfin consacrer l'essentiel de son temps à Aoki.

Nous sommes du vide, Aoki. Tu as dû le comprendre en explorant ton corps. Nous sommes du vide, presque entièrement, et nous comblons ce vide comme nous le pouvons. Mais nous ne sommes presque pas solides, n'oublie pas cela lorsque tu te battras. Nous sommes essentiellement composés d'énergie. Sache-le lorsque tu manges : tu n'absorbes pas que l'énergie de tes aliments mais aussi tous ses poisons. Et quand tu pourras te passer totalement de nourriture, tu t'élèveras à un niveau où tu n'auras plus besoin que d'énergie. Mais ne te passe jamais d'eau ! Chaque nouvelle cellule dépend de l'eau pour transporter l'énergie et se régénérer. Et chacune de tes mutations consomme énormément d'eau…

Aoki savait que l'énergie dont parlait Choden était celle qu'il absorbait régulièrement au soleil, tout comme la soler dépendait des radiations solaires. Le monde est une vaste mer d'énergie, et nul ne pouvait la détruire. Choden lui avait appris que les moines pouvaient en méditant ralentir le fonctionnement de leur corps pour se passer d'énergie et d'air, et même résister au froid. Leurs pensées pouvaient solidifier les courants d'énergie et même les projeter, comme il le lui avait appris en combat. Choden ajoutait que lui, Aoki, en était capable intuitivement, il suffisait qu'il se le révèle à lui-même, en pensant ses pensées.

Nous appelons Ki[28] *cette énergie… Tu pourras bientôt l'utiliser, mais il te faudra le maîtriser seul, au service de tes pensées. Tu pourras repousser tes adversaires, éviter leurs armes et même faire germer les plantes… et bien d'autres choses que tu découvriras. Mais n'oublie pas : ton Ki doit se nourrir du Ki de ce monde, et du soleil qui l'éclaire. Le soleil de la Ligue de la Foi est noir, stérile, à toi de découvrir la couleur du tien…*

28 – Énergie universelle que le pratiquant des arts martiaux exprime en prononçant le kiaï.

Aoki mit plus d'ardeur encore à l'entraînement et à la méditation.

Lorsqu'un matin il put repousser les assauts de Choden en utilisant son Ki, il sut qu'il pouvait désormais terminer l'exploration de son corps. Dès lors, il pensa ses pensées, comme l'avait dit Choden, et concentra ses efforts sur un seul but.

Une nuit, une atroce douleur l'éveilla et il sentit son bras amputé. Il savait par certains gladiateurs qu'un membre absent pouvait occasionner des douleurs, comme s'il était « présent ». On appelait cela les membres fantômes. Alors le jeune homme accepta la douleur comme il acceptait la présence du bras fantôme et dirigea sa pensée sur les nerfs, les os et les muscles. La lutte dura jusqu'au matin, et Aoki était trempé de sueur au premier rayon de soleil.

Mais lorsqu'Ananda s'éveilla près de lui, il attendit joyeusement sa réaction.

— Aoki ! Tu as réussi ! Comme je suis heureuse !

Elle se jeta tout contre le jeune homme, se pelotonnant contre le bras repoussé, en tout point identique à son autre bras… Aoki sourit avec soulagement : le tatouage de son appartenance à l'arène n'avait pas reparu…

Le lendemain, lorsqu'Aoki et Ananda se présentèrent devant Choden, les yeux du vieil homme s'illuminèrent et le jeune homme lut un nouveau sentiment dans ce regard : le respect. Choden étreignit les deux jeunes gens et leur donna sa bénédiction.

— Je n'ai plus rien à t'apprendre, Aoki. Si ce n'est ton nouveau nom. Garde-le secret, et ne le révèle que lorsque le temps sera venu. Demain, vous serez mariés, et tu devras prendre le départ…

La cérémonie du mariage se tint le lendemain, devant tout le monastère. Les deux jeunes gens tout de blanc vêtus se présentèrent devant Choden, assis en tailleur sur un grand tapis où Norbu dessina autour d'eux, avec des grains d'orge, un mandala de protection. Aoki et Ananda s'agenouillèrent devant Choden qui les recouvrit d'une grande écharpe blanche. Les deux mariés reçurent l'écharpe avec reconnaissance. Les moines entonnèrent un chant joyeux, et un repas de fête succéda à la cérémonie.

Au matin suivant, Aoki quitta le monastère avec un sentiment de tristesse mêlée de confiance. Lorsque Choden lui eut révélé son nom secret, il avait remercié le vieux maître avec émotion. Tous deux savaient qu'ils ne se reverraient plus en ce monde. Et lorsque vint le moment de se séparer d'Ananda, il versa des larmes. Pour la première fois depuis qu'il avait des souvenirs.

10 – Les enfants de la rue

« Ton corps ne fait pas la différence
entre la pensée et l'expérience. »
(Livre de Choden)

Deux jours avaient passé, et Aoki cheminait. Il pensait souvent encore à Ananda et à ses amis du monastère, mais la peine avait fait place à une joie extrême qui dilatait ses poumons et animait frénétiquement ses jambes.

Il était libre ! Pour la première fois de sa courte vie, il dirigeait ses mouvements à sa guise, et découvrait des paysages nouveaux. La montagne lui offrait des à-pics vertigineux et les sentiers lui faisaient connaître l'extraordinaire à chaque tournant. Et plus il descendait, plus les pentes se couvraient de la végétation décrite par la jeune femme. Les arbres aux troncs droits et aux branches couvertes de feuilles lui semblaient de grands êtres immobiles et protecteurs. Les créatures vivantes le surprenaient par leurs formes, les nuances de leurs couleurs, et il admirait tout en marchant leur comportement si différent de celui des hommes. Si bienveillant, si modeste, si intelligent…

Les oiseaux le fascinaient particulièrement. Il enviait leur vol majestueux et rêvait de planer comme eux dans le ciel. Il comprit que, comme lui, ils savent détecter la force magnétique terrestre en utilisant des cellules spéciales dans leurs yeux, ce qui les rend sensibles à ses variations subtiles et leur permet de migrer sans se perdre sur des milliers de kilomètres.

Mais d'autres animaux, il le savait par Ananda, comme les chiens, les tortues marines et les abeilles possèdent également une curieuse capacité à utiliser cette force. Il découvrit que, tout comme lui, ils se servent du paysage et de la lumière pour tracer leur chemin. Ainsi, ses pas guidés par l'image mentale de la grande chose noire, il n'avait qu'à suivre son instinct. Se nourrissant parcimonieusement des provisions préparées par Norbu, dormant la nuit sur l'épaisse couverture tissée par son épouse, il avançait prodigieusement vite et fortifiait son corps par l'effort.

Il apprit à se servir de ses doigts et de ses orteils supplémentaires et découvrit qu'ils lui étaient fort utiles pour se déplacer dans la montagne : il escaladait sans effort les blocs rocheux lorsqu'il n'y avait pas de sentier et s'offrait parfois le plaisir de grimper dans les arbres les plus hauts ! De là, il observait les oiseaux avec plus de bonheur encore. Placés entre le pouce et l'index, les doigts supplémentaires étaient de merveilleux outils, leurs trois phalanges lui permettaient souvent de n'utiliser qu'une seule main, là où avant il lui en fallait deux. De même, les orteils supplémentaires autorisaient des prises et des points d'appui autrefois inaccessibles. Il percevait, en pensant dans son corps, que ses membres contrôlaient tous ses nerfs et ses muscles et lui permettaient de déployer plus de force et d'habileté.

Il découvrit que de nouvelles régions s'étaient développées dans son cerveau et que son sens du toucher s'était accru à un point tel qu'il pouvait se déplacer en fermant les yeux. Son bras renouvelé le comblait de joie et il éprouvait une ivresse extraordinaire à déployer toute sa force.

Un soir, il perçut des lumières et sut que des êtres humains étaient proches. Il s'approcha silencieusement et observa. C'était une petite colonie de nomades qui vivaient de chasse et de fruits. Ils utilisaient peu d'ustensiles, tous en bois, qu'ils semblaient fabriquer de leurs mains. Ils ressemblaient aux moines du monastère, mais Aoki percevait aussi quelque ressemblance physique avec Ananda. Leur langage était proche de celui des moines, mais le jeune homme ne comprenait pas nombre de termes et d'expressions. Ils semblaient farouches et sur leurs aguets, et Aoki devina qu'ils ne l'accepteraient pas parmi eux. Il résolut de les éviter et détourna quelque peu son chemin. La prudence lui commandait du reste de ne guère se mêler à des groupes qu'il ne connaissait pas.

Lorsque le jeune homme trouva la première rivière, il ressentit l'irrépressible envie de se baigner. Au monastère, l'eau était rare et précieuse et il n'avait guère pris de bain depuis l'arène. Il se dévêtit et plongea avec délice dans l'onde froide et tourbillonnante... Il se laissa dériver quelque temps puis commença quelques mouvements de nage instinctive. Les premiers furent maladroits et inefficaces, mais bientôt il parvint à coordonner bras et jambes et se déplaça peu à peu avec souplesse et facilité. Grâce à son ouïe surdéveloppée, il entendait le petit peuple de l'eau se déplacer à ses côtés. Il avait eu l'intention de pêcher, mais un dégoût lui vint à l'idée de tuer ces petits êtres vivants. Il n'avait du reste pas faim, bien que ses provisions fussent épuisées.

Il ressentit le bonheur inconnu de ne pas sentir la pesanteur de son corps et se rendit compte avec stupeur qu'il nageait depuis plusieurs minutes sous l'eau sans même avoir pris un peu d'air dans ses poumons. Lorsqu'il ressentit un peu d'inconfort, il émergea et se laissa sécher au soleil, sur la berge. Il était revenu instinctivement à l'endroit exact où il avait laissé son petit bagage et ses vêtements.

Immobile, yeux clos, il explora son corps par la pensée. Il identifia l'organe qui lui avait permis de rester sous l'eau. C'était celui qui permettait aussi de fabriquer une partie de son sang et de résister aux maladies. La mutation avait permis à cet organe de grossir de moitié. Continuant son exploration, il découvrit que sa cage thoracique s'était également développée, tout comme ses muscles abdominaux, accroissant la capacité de ses poumons. Il repensa aux poissons et à l'affinité qu'il s'était découverte avec eux en nageant dans la même eau. C'était la même connexion que celle qu'il avait ressentie pour les oiseaux lorsqu'il les côtoyait dans les arbres. Il décida de ne jamais tuer pour manger et de se contenter des fruits qu'il avait connus par la petite tribu. Il pressentit du reste qu'il pourrait facilement ne se nourrir que de l'énergie du Soleil.

La montagne commençait à mourir et les paysages se modifiaient. Il redoubla de prudence pour éviter toute rencontre. La végétation changeait, devenait plus rare. Les abris pour la nuit n'étaient plus les mêmes. Il rechercha les cavités naturelles, et découvrit de mystérieuses crevasses dans la roche. Choden les appelait « grottes ».

Il passa des nuits insolites dans un environnement magique composé de « stalactites » scintillantes, de « cristaux de calcites » précieux et de « concrétions » belles à couper le souffle… Il explora l'une d'elles et tomba sur le corps desséché d'un homme qui semblait là depuis des temps immémoriaux. Il se souvint de ce que lui avait dit Choden, sur certains « yogis » capables de se passer d'eau et de nourriture durant leur vie entière, méditant au fond d'une grotte. Ainsi, certains êtres avaient la capacité de se passer même de l'énergie solaire… Il n'envia pas la mort ni la vie de cet homme, immobile et solitaire, mais se demanda ce qui l'avait maintenu vivant durant aussi longtemps.

La dernière grotte était immense et il y découvrit un village entier composé de maisons clôturées de bambou. Il observa avec curiosité ses habitants qui semblaient vivre de cultures, puisqu'ils se nourrissaient de « blé » et de « riz ». Ils élevaient aussi des « porcs » et des « vaches ». Aoki ne s'étonnait plus désormais de connaître les noms des créatures vivantes, de la végétation et des objets de la « civilisation ». Il devinait que l'enseignement d'Ananda avait fertilisé son esprit de connaissances qu'il soupçonnait à peine. Il quitta la grotte avec regret et l'inquiétude de savoir qu'il côtoierait de plus en plus d'êtres humains.

Près d'un lac, il vit de loin plusieurs dômes qui semblaient pousser sur la terre comme de gros champignons. Il s'approcha et reconnut que c'étaient des constructions de béton jouxtant une immense dalle prévue sans doute pour le décollage de drones. Mais aucun ne semblait s'y être posé depuis longtemps. La végétation commençait à en grignoter de vastes étendues. Ananda lui avait parlé de ces constructions à demi-souterraines construites par de riches Minekos pour y vivre une existence luxueuse et cloîtrée, loin des cités et à l'abri des catastrophes qui avaient ravagé le monde. Ils semblaient disposer de ressources alimentaires et énergétiques qui leur permettraient de vivre là plusieurs générations de suite. Aoki devina que beaucoup d'entre eux étaient des Joueurs, ces êtres immobilisés dans leur confort béat qui jouissaient à distance des combats dans les arènes. Sans l'odeur du sang et de la mort. Kagi lui en avait parlé, et chaque gladiateur redoutait le jour où lui serait implanté l'Œil et où il deviendrait une marionnette vivante dirigée par les caprices des Joueurs…

Le jeune homme eut un frisson de dégoût et reprit sa route. Il préférait son existence d'homme libre à celle de ces larves qui ne connaîtraient jamais plus la lumière du soleil.

Les mois passèrent.

Une tempête de sable l'obligea à se terrer trois jours. Redoublant de prudence, il observa avec étonnement l'environnement qu'il découvrait. Il reconnaissait confusément ce que lui avait décrit sa jeune épouse. Des villages abandonnés s'enfonçaient lourdement dans la boue ou étaient à demi submergés par des eaux noires et nauséabondes. Les sols étaient déformés, les arbres semblaient atteints d'ivresse, courbant leurs troncs vers le sol. Une petite cité, elle aussi vide de ses habitants, n'était qu'un enchevêtrement de bâtiments fissurés et de canalisations éventrées. Certaines dégageaient des gaz vicieux et mortels. Un aéroport inondé se transformait lentement en marais dépourvu de vie animale, mais où la végétation commençait à fissurer le sol pour y infiltrer ses racines.

Même la faune avait changé. Ses chers oiseaux de la région semblaient souffrir et il leur devinait des cerveaux plus petits. Il conçut que les animaux avaient subi les mêmes radiations que dans le Tombeau de Tokohama. Les substances radioactives devaient donc être présentes dans l'air, l'eau et la nourriture. Certaines plantes et insectes s'étaient visiblement métamorphosés. Les papillons, les libellules, les abeilles, les sauterelles, les araignées, tous les petits êtres à courte vie étaient difformes et malingres. Certaines espèces semblaient cependant échapper au déclin. Des loups et même un troupeau de cerfs paraissaient curieusement pleins de vigueur. Une forêt avait repoussé sur les restes de vieux arbres. Mais les cultures dépendant de l'homme avaient disparu. Pas les animaux domestiqués, redevenus sauvages.

Aoki devina que tout comme lui, les êtres-animaux avaient développé une résistance aux radiations. Il eut quelquefois à se défendre contre les loups. Avec ses armes de jet, il les tenait facilement à distance, mais il dut une fois lutter au corps-à-corps avec une meute affamée. Il s'en sortit avec de nombreuses plaies mais soulagé de n'avoir pas été tué. Les blessures et les morsures qu'il avait lui-même infligées mirent rapidement les carnassiers en fuite. Et lorsqu'un ours gigantesque se dressa devant lui, menaçant, il n'eut qu'à lui toucher l'esprit pour que le plantigrade s'éloigne en grognant.

Mais le plus souvent, il ne se sentait pas menacé. Seul Humain parmi les bêtes, celles que les hommes avaient chassées, apprivoisées, dressées, retenues en captivité, il appréciait leur liberté qui était aussi la sienne. Après avoir observé les oiseaux, il observa les félins et les autres mammifères. Il fut particulièrement fasciné par les singes, d'abord parce que leur apparence et leur comportement lui rappelaient les siens. Et puis il découvrit qu'ils étaient prodigieusement intelligents et que leurs rites sociaux avaient toujours une raison bien particulière. Il devina lentement une incroyable vérité, en les voyant recueillir et absorber des herbes, des écorces et des mousses. Les singes étaient capables de se soigner tout seuls, cueillant les plantes qui aidaient à la guérison et se transmettant ces connaissances en pharmacopée, de génération en génération.

Alors Aoki apprit d'eux et se soigna à l'exemple des singes.

Les paysages changeaient encore, et les traces humaines devinrent de plus en plus fréquentes. Il découvrit un champ de gaz au milieu d'un désert. Un immense cratère semblait en feu depuis très longtemps. Aoki devina que même dans ce milieu probablement créé par la stupidité de l'homme, des êtres vivants pouvaient encore subsister. La vie était plus forte que la mort. Une odeur âcre de soufre irritait ses narines sensibles et il décida de s'éloigner rapidement de cet enfer. C'était l'été et la chaleur faisait abominablement souffrir le jeune homme.

Il rencontra inévitablement des hommes. Sa prudence naturelle restait de mise, mais il noua de rares contacts pour ne pas risquer la folie. Il croisa un jour un troupeau de vaches faméliques conduit par un éleveur au visage couleur brique et aux yeux plus fendus encore que ceux d'Ananda. Avec un sourire sincère, celui-ci lui expliqua qu'il était l'un des derniers de sa race. Les autres avaient rejoint les cités de réfugiés. Lui ne pouvait pas quitter sa steppe. Sous la yourte, ils partagèrent du thé à peine sucré, du fromage sec et des beignets rassis. Il sembla étrange à Aoki de manger à nouveau. Il le fit avec plaisir mais sans faim. L'homme lui proposa de rester avec lui pour s'occuper du troupeau, mais sans conviction. Il avait deviné en Aoki un errant solitaire. Tous deux cependant se séparèrent avec un peu de regret.

À l'été brûlant avait succédé un hiver glacial. Le jeune homme se sentait mieux, même si la nuit il devait à présent s'enrouler chaudement dans la couverture d'Ananda. Il sentait l'esprit de son épouse dans le sien et la solitude était moins rude. Elle l'encourageait, fortifiait sa détermination et lui tissait un cocon de tendresse et d'amour. Elle lui apprit un jour la mort de Choden. Il éprouva un grand chagrin, même s'il savait que le départ du vieux moine était inévitable. Cet homme avait beaucoup compté pour lui, presque autant que Kagi, et il sentit un nouveau vide s'installer dans son cœur. Il se demanda pour la première fois de sa vie ce qu'il advenait d'un homme après sa mort.

Il est parti peu après la fin de la dictée de son livre, Aoki. Norbu l'a lui-même allongé dans sa cellule, et les moines ont défilé pour lui rendre hommage. Norbu et moi l'avons veillé plusieurs jours… Et puis nous l'avons vu changer, se fondre en une lumière qui est devenue de plus en plus intense, et avant de disparaître, la lumière s'est changée en un tourbillon de couleurs très vives… Norbu m'a dit qu'il est devenu « corps arc-en-ciel ».

Était-il possible qu'une conscience, un savoir et une somme de qualités fussent perdus pour toujours ? Choden l'avait instruit des religions et Aoki savait que certaines prétendaient à une autre vie. À un autre niveau de conscience. Ou au repos d'une minorité de privilégiés et à un vide absolu pour les autres, selon la doctrine complexe de la Fraternité Noire. La mort était un concept ambigu pour un gladiateur. Une compagne jalouse de tous les instants mais aussi une délivrance, un repos éternel. Il ne savait que penser. Et il se demanda ce qui avait prédestiné un être tel que Choden ou un être tel que lui. Jamais encore il ne s'était interrogé sur son existence, sur l'utilité de sa vie, sur le sens même d'une existence qui ne tenait qu'au fil coupant d'un katana.

Il s'endormit avec la conscience douloureuse de sa solitude et la présence rassurante d'Ananda dans son esprit. Il rêva de ses parents. Ceux dont il n'avait aucun souvenir. Et il rêva de lui-même, enfant.

Et ce fut le lendemain qu'il croisa les premiers enfants de son voyage. Oh, certes, il en avait aperçu quelques-uns sur les gradins d'Irina. De petits êtres chétifs et apeurés dont il savait vaguement qu'ils deviendraient des adultes vigoureux. Ou des loques affamées et maltraitées. Mais jamais il n'avait pensé à lui comme un enfant. Ses bras, ses jambes, son torse étaient couturés de cicatrices des coups reçus dans l'arène. Même son nouveau bras avait reproduit les blessures anciennes. On n'échappe pas à sa destinée. Mais ces enfants-là étaient des créatures qui vivaient, pleuraient, riaient à perdre haleine, mendiaient, souffraient, jouaient, végétaient, se battaient ou se recroquevillaient dans un coin comme de petites choses meurtries et solitaires. Ils les avaient croisés partout, dans les rues de la première cité qu'il avait osé traverser. Ils ciraient des chaussures, vendaient de petits objets en plastique antique, rabattaient des piétons pour les taxis, lavaient les vitres des maisons.

Ou vendaient leur corps. Ou des parties de leur corps. La neige poudrait leur frimousse et faisait trembler leur petit corps maigre.

Les adultes n'allaient guère mieux. Ils avaient seulement l'avantage d'avoir survécu à leur enfance. Beaucoup cependant ne seraient jamais des vieillards. Consumés par la drogue et la faim, ils erraient sans but du soir au matin et de l'aube au crépuscule, silhouettes maigres et courbées, fantômes entre vie et mort, errants sans but et sans conscience. Ici, la Fraternité Noire n'avait pas encore raflé des camions entiers de lugubres squelettes vivants. Des *Johatsu*[29]. Des évaporés. Des Minekos qui s'étaient fait dépouiller par des brigands. Des Joueurs qui, devenus fous dans leur bunker, étaient sortis à l'air libre et traînaient en miséreux. Des gladiateurs échappés de leur arène et incapables de trouver leur subsistance. On disait que des membres de La Fraternité Noire se cachaient parfois parmi eux.

Une fillette joyeuse et crasseuse qui vendait des cosses de haricots verts lui désigna une direction qu'il suivit par curiosité. Au bout de la rue indiquée par son petit doigt chétif, il vit une bâtisse un peu plus haute que les autres. Devant l'immense porte gardée par trois hommes de large carrure, une file d'hommes et de femmes en piteux état patientait avec résignation. Une personne entrait toutes les cinq minutes environ et ressortait par une autre porte, les bras chargés de quelque nourriture.

Aoki prit soudainement conscience de deux choses. La première était que, tout nourri de lumière qu'il était et au paroxysme de ses forces physiques, ses vêtements en lambeaux et son apparence négligée devaient le faire prendre pour un de ces pauvres hères qui attendaient dans le froid et l'obscurité naissante. La seconde était que dans ce monde d'une dureté impitoyable, où la vie n'avait guère de valeur, où il fallait se prémunir de dangers terrifiants, il restait quelques hommes qui n'hésitaient pas à faire preuve de solidarité en offrant un peu de nourriture à d'autres hommes qui auraient paru misérables aux plus misérables des déshérités d'Irina. Comme les animaux, les hommes étaient capables

29 – *Évaporés,* vagabonds.

de vivre en paix, d'apprendre de leurs erreurs, et de tirer avantage de la compagnie des autres. Il en tira une leçon nouvelle, celle que quelques-uns pouvaient changer l'avenir de beaucoup d'autres. Cette nuit-là, il dormit dans les faubourgs, regardant s'éteindre les lumières et mourir les rumeurs de la ville. Il repensa aux paroles de son maître disparu.

La doctrine de la Fraternité Noire est suicidaire, Aoki. Les Prêtres prédisent que c'est la dernière religion, mais elle est vouée à disparaître. La civilisation commence avec l'amour, pas avec la haine. Le premier signe civilisé fut un squelette de quinze mille ans retrouvé avec un fémur cicatrisé. Cela signifie que les proches de cet homme l'ont aidé à survivre, à boire, à manger, à se déplacer, à échapper aux prédateurs pendant plusieurs semaines, le temps que le fémur brisé se consolide naturellement. Si l'homme avait été laissé à son sort, il aurait péri. Nous devons devenir capables de voir, de sentir, de conduire le Ki de ceux qui nous entourent. Nous devons unifier notre parole, notre corps, notre esprit. Nous devons devenir Un avec le fonctionnement de toutes les choses dans l'univers. Nous devons mettre la parole, le corps et l'esprit en harmonie avec le fonctionnement de l'univers.

Aoki rêva de nouveau. D'Ananda et de son ventre gonflé de leur enfant.

11 – Les Hommes rouges

« Mille jours pour forger, dix mille jours pour polir.
Mon secret réside dans ma façon de me tenir debout,
de marcher et dans celle de m'asseoir. Observe. »
(Livre de Choden)

Aoki continuait sa route au fil des montagnes, des vallées et des déserts. Le climat changeait, devenait plus chaud et plus sec. Heureusement, les forêts lui offraient encore de vastes étendues de fraîcheur. Il y excellait à grimper dans les arbres et à observer.

Son puissant instinct lui indiquait les traces humaines. Il rencontra de nombreux groupes isolés et découvrit que la plupart des clans viables étaient formés d'environ cent à cent cinquante personnes. Des tribus pratiquaient l'entraide et la solidarité, prenaient soin de leurs malades et de leurs handicapés alors que d'autres, pratiquant la sélection et la compétition, disparaissaient rapidement. Les premières évitaient soigneusement les autres, même si elles étaient aussi bien armées et physiquement aussi fortes. Elles se protégeaient ainsi des conflits et des risques d'infection. À la différence des Zans, ils enterraient leurs morts.

Il découvrit avec stupeur des tribus dont les membres avaient quelque peu la même apparence physique que lui, et peut-être les mêmes gènes : résistance aux infections et aux virus, digestion rapide des aliments, énergie plus importante, sens surdéveloppés. La maladie de la fragmentation ne semblait pas non plus les toucher. Les variants génétiques leur donnaient une plus grande résistance immunitaire ainsi qu'une pigmentation de la peau adaptée au manque de soleil en leur permettant de mieux s'acclimater au froid. De même, les Migous avaient sans doute transmis aux populations proches du monastère leur adaptation à l'altitude. Choden lui avait confirmé que ses gènes étaient protecteurs face aux accumulations de graisse dans les artères et aux maladies cardiaques.

Il décida d'en savoir plus et choisit soigneusement un clan afin de prendre contact. Il appela cette tribu celle des « Hommes rouges » car leur peau portait des variations de cette couleur. Plus tard, il se dit que la tribu méritait sans doute un autre nom. Car elle était dirigée par une femme. Il observa pendant plusieurs jours et choisit le moment le plus favorable pour se manifester. La femme-cheffe était seule mais pas isolée des siens, l'heure était au repos et les armes étaient rangées. Lorsqu'il approcha, à pas lents et accompagnés de quelques bruits discrets, il s'étonna de ne voir aucune crainte dans les yeux. Il était presque déçu de leur indifférence. La femme-cheffe se leva. Elle était de teint clair et ses cheveux de même. Elle l'apostropha d'une voix douce mais empreinte d'autorité :

— Tu t'es enfin décidé. C'est bien.

— Vous m'avez aperçu dans les arbres ?

— Oui, les arbres sont nos compagnons, tout comme toi. Rien de ce qui se passe dans la forêt ne nous est inconnu. Tu nous observes depuis longtemps ?

— Depuis dix jours environ.

— Tu es habile, alors, nous ne t'avons repéré que depuis cinq.

— Vous ne me chassez pas ?

— Nous t'aurions chassé si tu étais un de ces Prêtres Noirs de malheur. Mais nous accueillons tout étranger de bonne foi, avec plaisir et reconnaissance.

— Reconnaissance ?

— Je t'expliquerai. Je suis Lisa.

— On m'appelle Aoki.

Lisa nota que le jeune homme n'avait pas utilisé le « Je » et elle se dit qu'il avait sans doute de nombreux mystères à cacher. Mais cela ne la dérangeait pas, et elle apprécia le torse musclé et l'apparence vigoureuse. Il n'était pas beau, mais le visage était taillé comme celui des hommes qu'elle recherchait. Elle l'invita à visiter le campement. Aoki remarqua que maintenant tous le regardaient en souriant. Surtout les femmes... Il y avait du reste peu d'hommes et les enfants vaquaient à des occupations dont Aoki n'avait aucune idée du sens. Il apprit plus tard qu'ils appelaient cela « jouer ». Lisa lui proposa une hutte abandonnée, mais il déclara qu'il préférait dormir dans la forêt. Il nota le sourire un peu déçu de Lisa. C'était une belle femme, plus âgée que lui, au visage marqué par les souffrances, mais au regard doux et protecteur. Il nota également que deux hommes plus jeunes les surveillaient de loin. Ce devait être ses deux frères car ils lui ressemblaient et semblaient tenir à elle comme à une mère.

Ce soir-là, Aoki partagea le repas de la tribu, ne mangeant que très peu. Chacun parlait librement, les enfants piaillaient avant d'aller dormir sur la consigne stricte des femmes. Lisa lui expliqua que les femmes recherchaient les tribus fonctionnant sur le même mode, notamment pour qu'elles prennent mari avec des hommes différents. Elles le choisissaient — à la différence des clans qui pratiquent l'enlèvement — et transmettaient leurs traditions culturelles pour ainsi renforcer les alliances. Beaucoup allaitaient longtemps, car elles nourrissaient aussi le bébé d'autres femmes, une sœur, une amie...

Au fil des jours et de ses rencontres avec la cheffe, Aoki avait deviné à son regard posé sur lui que Lisa aimerait le prendre pour mari.

Lisa a sans doute besoin d'un autre homme près d'elle que ses frères. Et peut-être désire-t-elle enfanter avant qu'il soit trop tard. Je dois lui dire que je suis déjà le mari d'une femme.

Les premières nuits, Aoki avait donc dormi dans la forêt, et Ananda, dans son esprit, connut tout ce qu'il avait vécu ces jours là. Un soir, la jeune épouse lui parla longtemps dans sa tête et finit par convaincre Aoki.

Je devine que dans cette société, les filles et les femmes choisissent et décident d'enfanter lorsqu'elles le décident. C'est tellement rare, Aoki ! La Fraternité Noire nous impose un mari, comme le voulait Madara. Ces personnes sont bonnes, elles méritent de vivre et de se reproduire. Les enfants sont bien traités et heureux. Et les hommes sont rares. Fais-lui don de ta semence, Aoki… Je ne serai pas jalouse, je serai heureuse pour Lisa. Car moi aussi, mon amour, j'attends un enfant de toi… Je suis heureuse de te l'annoncer ! Tu ne le verras que lorsque tu pourras me rejoindre, mais il saura tout de toi, je te le promets. Dans ce monde, c'est la plus belle chose qui puisse arriver, pour déjouer les plans des Prêtres. Fais ce cadeau à Lisa, Aoki, n'aie crainte, je sais que ton amour m'est réservé. Et tu sais que je ne porterai nul autre enfant que le tien.

Aoki fut profondément troublé. Sa joie d'avoir conçu un enfant avec Ananda était immense, mais il était triste que ce bébé ne puisse le connaître avant si longtemps… Et puis l'idée d'engrosser Lisa le mettait très mal à l'aise. Mais l'assentiment d'Ananda l'emplissait d'admiration pour elle. Il ne dormit pas cette nuit-là, et le lendemain, il alla trouver la cheffe. Elle l'écouta attentivement. Et lui fit un grand sourire pour lui répondre :

— Je te remercie, Aoki. Tu peux être fier de ton épouse, elle pourrait être l'une de nos femmes. Elle doit être fière de toi, aussi, car tu es un homme courageux et sincère. Tu partiras lorsque tu m'auras fait don de ta semence. Sache que ce sera un garçon et que je l'élèverai dans le respect de son géniteur. Je te dirai lorsque le moment sera venu pour moi…

De ce jour, soulagé et l'esprit serein, Aoki partagea la vie de la tribu. Lorsqu'il dit à Lisa qu'il l'appelait tribu des Hommes rouges, elle lui répondit en riant qu'eux-mêmes se nommaient le « Peuple de la Forêt ». Il apprit qu'ils se recouvraient d'ocre, une roche ferrique composée d'argile pure, pour ses propriétés bactéricides et prophylactiques. Ils s'en servaient pour assainir le sol de l'habitat ou entretenir les peaux tannées. Ils en enduisaient aussi leurs morts avant de les enterrer. L'ocre était aussi pour eux un ornement, comme les plumes d'oiseaux ou les jolies pierres colorées.

Aoki découvrit l'art — prohibé par la Fraternité Noire — mais dont Ananda lui avait déjà fait entrevoir la beauté. Les femmes lui apprirent à fabriquer du papier avec de l'herbe, sur lequel elles peignaient des motifs élégants. Lisa lui enseignait les traditions du Peuple de la Forêt.

— Je te vais te faire connaître Neha, la femme chamane. Mais sache que les arbres sont nos alliés en tout. C'est eux qui nous ont protégés de la Grande Pandémie. Lorsqu'un membre de la tribu était atteint du virus, il commençait par s'isoler dans la forêt en déposant deux morceaux de bois en croix sur le sentier pour que personne ne le rejoigne. Il devait apprendre quoi manger à base de plantes, de champignons et d'animaux prélevés dans la forêt. Il ne revenait que plusieurs jours après.

Neha était en train de soigner deux malades, un enfant et une femme. Neha expliqua qu'elle utilisait des plantes médicinales mais aussi des moisissures, des bourgeons qu'elle connaissait par transmission ou au cours de transes. Aoki repensa aux transes d'Ananda et sut que les femmes avaient décidément bien du pouvoir. Neha utilisait des végétaux leurs propriétés anti-inflammatoires, antispasmodiques, cicatrisantes, calmantes et digestives. Elle pratiquait aussi la chirurgie : réductions de fractures en immobilisant les os, assainissement des plaies par l'ocre et des décoctions de plantes, ablations de tumeurs crâniennes. Elle confia à Aoki que les hommes allaient cueillir très haut en montagne une plante qu'elle appelait « racine dorée » et dont les vertus pouvaient guérir nombre d'affections. En particulier, elle protégeait contre les toxines des poisons chimiques qui provenaient des lieux contaminés. Mais elle l'interdisait aux femmes enceintes ou allaitantes.

Aoki apprenait et enseignait tour à tour. Le peuple de la Forêt était particulièrement admiratif des techniques de défense qu'il connaissait. Il leur montra comment fabriquer des armes en bois, en pierre ou en os : boomerang, fronde, massue, couteau, épieu, arc et flèches. Chasseurs-cueilleurs, ils pêchaient aussi, en nageant dans des rivières peu profondes ou en embarcation, à la main, à la ligne, à l'épuisette, à la nasse, au harpon. Et au filet : Aoki s'aperçut avec surprise qu'il ne servait pas que dans l'arène ! Ils détournaient les cours d'eau par de petites palissades en bois et branches tressées puis dirigeaient les poissons vers les filets. Ils chassaient les petits mammifères au lacet et au collet et les gros par piégeage dans une fosse, une trappe ou en enclos, grâce à un appât. Les pièges naturels, marécages, avens, vallons en cul-de-sac, précipices, fondrières, rives de fleuves étaient favorisés pour ne pas laisser de traces car ils craignaient la Fraternité Noire.

S'il accompagnait le Peuple à la chasse, Aoki ne tuait pas et ne mangeait jamais de viande. Le Peuple ne tuait que par nécessité et regrettait de prendre des vies. Pour dépasser la peur de l'animal et la honte de le tuer, ils offraient des fêtes, des danses, des déguisements. Ils pratiquaient aussi des rituels d'inhumation en position fœtale dans des endroits inaccessibles aux charognards. Ils pensaient que l'homme doit retourner à la terre et plantaient un jeune arbre au-dessus de la tombe.

Les enfants étaient associés à tous les rites et leurs menus événements célébrés joyeusement. L'un d'eux montra un jour au gladiateur une dent d'adulte qu'il avait trouvée et dont il s'était fait un pendentif. C'était une molaire, et elle avait trois racines, autant qu'il en avait lui-même ; il le savait depuis l'arène, lorsqu'un coup sur la mâchoire lui avait cassé une molaire. Kagi lui avait fait remarquer cette particularité, et lui avait dit que de telles dents étaient beaucoup plus solides que celles des autres hommes.

Tous respectaient ses choix, comme il respectait leur mode de vie : pas de hiérarchie sociale, les membres étaient tous égaux. Pas de propriété privée, les ressources alimentaires étaient partagées, les surplus de nourriture étaient stockés ou échangés avec d'autres hordes. Selon les distances, ils se ravitaillaient en eau, en bois, en végétaux, en gibier. À de moyennes ou plus grandes distances, sans obstacles trop importants comme les montagnes. Ils fuyaient les sédentaires, car ils savaient qu'ils sont violents et jaloux de leurs biens. Les Hommes rouges ne domestiquaient pas les animaux ni ne cultivaient, car ces pratiques entraînent la propriété. Nomades, ils ne s'attachaient pas à ce qu'ils ne pouvaient déplacer dans leur vie d'errance : « Ce que tu ne peux pas porter n'est pas à toi. »

Les femmes transmettaient la culture, et leur première maternité en faisait des personnes respectées. Elles étaient les égales des hommes dans l'amour ou à la guerre et dans les prises de décision. Tous laissaient jouer les enfants jusqu'à ce qu'ils désirent imiter les adultes. Alors ils apprenaient les techniques de chasse aux adolescents, fabriquant pour eux des lances de petite taille. Pour traverser les cours d'eau ou longer les côtes, ils fabriquaient des esquifs en peaux sur une armature d'osier, qu'ils remorquaient à la nage. Ils récupéraient les tendons et les ligaments pour en faire des liens servant à fixer des pointes en pierre sur des hampes en bois, coudre des vêtements ou confectionner des collets. Les cornes servaient de manches d'outils ou de récipients à boire. Avec le métal antique récupéré dans les cités abandonnées, ils fabriquaient des armes et des bijoux.

Ils se déplaçaient souvent, par précaution, et établissaient des campements à l'entrée de grottes, dans des abris sous roche, ou en plein air, mais toujours près d'une rivière, à proximité d'un gué, des pieds de falaises, des versants de collines ou dans des talwegs abrités du vent. Ils ne restaient pas sur les plateaux mais les visitaient régulièrement pour dépister des traqueurs. Ils choisissaient des lieux pourvus de bois de chauffage et de bon ensoleillement. Rarement, ils établissaient des campements plus durables : tentes, huttes circulaires en bois, pierre ou peau, fosses délimitées par des pierres plates empilées, avec des cloisons faites de peau sur des armatures de bois pour délimiter les zones de couchage, de taille de la pierre, de boucherie, de préparation culinaire, avec un sol pavé de galets. À la saison froide, ils se calfeutraient dans des habitats en terre crue, dissimulés sous des branchages pour se camoufler. Lisa lui avait affirmé qu'autrefois les hommes bâtissaient leurs villes et leurs plus hauts monuments avec ce matériau qui possédait beaucoup d'avantages. Facile à trouver et utiliser, la terre nécessite peu d'outils et aucune énergie autre que celle de la main humaine. Ses murs protègent du froid en hiver et de la chaleur en été. Elle absorbe les odeurs, et la vie dans ces maisons préserve la santé. Seule la pluie est un inconvénient. Aoki leur enseigna comment les chausser d'un soubassement en pierre, et les coiffer d'un chapeau de toiture débordant des murs pour laisser couler l'eau.

Aoki apprit lui-même à recycler le métal antique, moins résistant mais abondant. Il fabriquait de la colle à partir de l'écorce de bouleau chauffée, ainsi que celle extraite des étuis cornés des bovidés ou de la résine de conifère. Pour faire du feu, il recueillait les braises naturelles provoquées par la foudre ou les incendies, frottait des morceaux de bois ou percutait des pierres. Puis il embrasait un lit de feuilles sèches, d'amadou, d'aiguilles de conifères, d'écorces de bouleau ou de lignite. Puis il l'alimentait avec du bois ou des fragments d'os. Pour enflammer ses torches, il les recouvrait de graisse animale ou de moelle d'os.

Il récoltait le miel des abeilles sauvages dans les troncs d'arbres, les tiges de plantes, les bois morts, en imitant les ours. Il dépeçait les animaux avec des bifaces en pierre. Il récupérait la fourrure des ours pour en vêtir les plus faibles. Pour transporter une carcasse, il fabriquait un traîneau. Il évitait les félins, mais observait leurs techniques de chasse. Il repoussait les carnivores sauvages en allumant du feu dans des cercles de pierre. Il accompagnait les chasseurs pour suivre les herbivores, moins dangereux et dont la viande est plus digeste. Il suivait les migrations des rennes au museau large et carré, aux larges sabots pour évoluer sur la neige en hiver et les sols marécageux et qui mangent des aliments gelés qu'ils extraient du sol, ce qui donna à Aoki l'idée de les imiter avec un bâton à fouir.

La sagaie était l'arme de chasse préférée, parfois lancée à l'aide d'un propulseur qui permet de décupler la force du lanceur pour la pénétration dans la proie. Mais pour s'approcher, ils devaient se fondre dans l'environnement, se camoufler à l'aide de branchages, de peaux de bête ou de cornes et imiter leur comportement et leurs cris. Ils évitaient les femelles gravides pour protéger leur reproduction. Ils guettaient les migrations en troupeaux, deux fois dans l'année, quand ils sont le plus vulnérables, au passage des gués. Ils les chassaient de près, à la lance, long morceau de conifère dont une fente à l'extrémité enchâsse une pointe en pierre ou bois très dur, maintenue par un lien et de la colle. Avec la panse des ruminants, ils fabriquaient des récipients et des outres. Avec leurs peaux, ils confectionnaient des vêtements et des mocassins. Les peaux animales étaient nettoyées à l'aide de racloirs, séchées au-dessus du sol par des piquets en bois fichés en terre puis tannées avec de l'ocre ou de la poudre sèche d'écorce de bouleau.

Aoki rencontra de nouveau les loups, et admira la façon avec laquelle la tribu faisait alliance avec eux en leur abandonnant des proies et leurs grottes. En échange, les loups les protégeaient d'autres carnivores.

Ils cachaient aussi des fosses de stockage. Ils cueillaient pour se nourrir des baies, des fruits, des champignons, des graminées, des algues, toutes sortes de végétaux pour en faire des bouillies et des galettes, et récoltaient pour se soigner les plantes médicinales réclamées par la chamane. Pour extraire les tubercules, ils se servaient d'un bâton à l'extrémité durcie par le feu. Ils cuisaient sur la braise, enterrés dans les cendres, au four en pierre ou en terre, à l'étouffée sous des pierres. Ils rôtissaient à la broche, faisaient bouillir à l'aide de pierres chauffées jetées dans l'eau. Les poissons étaient séchés et stockés dans des caches. Pour sécher et fumer, ils fabriquaient des fours à coupole en argile cuite au-dessus d'un foyer. Ils cassaient les os longs des herbivores pour consommer la graisse contenue dans les os sous forme de bouillons. Lorsqu'ils partaient, ils détruisaient soigneusement toute trace de leur campement.

Un matin, Lisa aborda Aoki. Il comprit qu'elle était arrivée à ce moment où elle pourrait enfanter. Ils partagèrent la couche de Lisa et s'endormirent ensemble lorsque la femme-cheffe eut reçu la semence promise. Au petit matin, ils s'éveillèrent, et Aoki sut qu'il allait quitter la tribu. Lisa se confia au jeune homme, avec reconnaissance.

— Je te remercie, Aoki, ton enfant s'appellera Amar. Peut-être un jour le rencontreras-tu. Car s'il est né de toi, il est aussi prédestiné, comme l'enfant de ton épouse. Ma lignée — et celle de mes frères — se perpétuera. Je suis née il y a quarante-quatre ans, et cet enfant sera le seul que j'aurai. Il ne reproduira pas la vie que j'ai connue. À l'âge de huit ans, ma mère m'a emmenée dans un lointain pays pour y suivre un homme. L'un de ceux qui allaient devenir un Prêtre Noir. Il prétendait faire la « Guerre Sainte ». Il a été capturé mais s'est enfui. Ma mère n'a pas eu cette chance. Elle fut retenue prisonnière dans un camp où elle était bien traitée par les gardiens, mais pas par les autres femmes, car elle n'avait pas la même apparence. Elle a été violée par leurs hommes, et a accouché de deux autres enfants. Elle est morte assassinée par une autre détenue et j'ai dû élever seule mes deux petits frères. À l'âge de seize ans, on m'a libérée et j'ai commencé une vie d'errance avec mes frères. Jusqu'à ce que je rejoigne cette tribu, qui m'a choisie comme cheffe, et que je choisisse mes frères comme gardes du corps.

Aoki partit le jour même avec regret, car il quittait une communauté humaine heureuse et paisible. Mais il était joyeux et impatient de poursuivre sa mission. Lisa le suivit longtemps des yeux. Elle était heureuse de porter cet enfant. Et se dit avec tristesse qu'elle eut aimé qu'Aoki restât près d'elle.

12 – *Le Grand Inquisiteur*

« Le combattant meurt jeune et sans regret. »
(Livre de Choden)

Le désert était là, il s'ouvrait devant Aoki. Neha, la femme chamane, n'avait pas les pouvoirs d'Ananda, mais lui avait annoncé lors d'une transe qu'il devrait traverser ce désert. Elle le nommait « le Pays de la mort ». Elle l'avait prévenu de son immensité, et averti des quelques populations qu'il pourrait croiser. Des habitants de ces villages aux petites maisons d'argile jaune et des nomades qui commerçaient avec eux. Mais c'était aussi pour lui la seule chance de trouver de l'eau. On disait qu'un ancien fleuve coulait encore dans le désert, à la façon d'un fantôme, comme dans les villages abandonnés. Quant aux quelques lacs, ils étaient salés.

Le jeune homme s'était muni d'importantes provisions d'eau, comptant sur le soleil pour nourrir son corps. Il croiserait bien quelques antilopes, des lynx ou des renards du désert, mais n'avait pas emporté d'armes de chasse. Il était bien décidé à ne plus tuer.

Il traversait une immense steppe à la végétation rare et montait et descendait sans cesse des dunes nues de toute vie et balayées par les vents.

Lisa lui avait confié qu'autrefois le désert était riche en « arbres de vie », de petits épineux très résistants à l'aridité. Aoki pourrait s'y abriter aux heures les plus chaudes et profiter des « oasis » qui se formaient grâce à ces arbres. Leurs racines étaient capables d'aller chercher l'eau en profondeur dans le sol et d'en faire profiter des plantes aux racines plus courtes. Ces arbres avaient autrefois failli disparaître car un roi avait décidé de les abattre pour ses écuries. Une femme avait péri en enlaçant un arbre de vie, s'offrant à la mort pour le sauver. D'autres avaient offert de même leur vie, et bientôt tous les villageois passèrent au fil tranchant. On dit qu'il fallut autant de têtes tranchées que de jours dans l'année pour qu'enfin le roi renonce à couper les têtes et les arbres. Les arbres avaient repoussé, mais la civilisation les avait à nouveau condamnés. Il n'en restait plus que de rares spécimens. Aoki n'en avait guère trouvé.

Les semaines passèrent et le voyageur évitait les villages, ne suivant parfois les nomades que de loin, pour les points d'eau. Mais la prudence l'obligeait trop souvent à utiliser ses dernières réserves. Bientôt elles furent épuisées. Alors Aoki continua sa route, guidé par l'image mentale de la grande chose noire et brillante et comptant sur sa capacité à se priver d'eau. Inlassablement il marchait — désormais de nuit — et se reposait le jour lorsqu'il trouvait un peu d'ombre. Il sentait cependant diminuer sa force vitale, ses pas étaient moins rapides et son souffle plus pressant. L'avertissement de Choden lui revenait en tête, et il espérait atteindre un dernier point d'eau avant de ne plus pouvoir marcher. Bientôt, il comprit qu'il était au bout de sa résistance et qu'il ne lui restait plus qu'à marcher, encore et encore.

Il s'éveilla à la nuit, couché sur le sol de sable et de cailloux, et se rendit compte qu'il était tombé d'épuisement. Dormir lui avait fait du bien, mais il sentait des douleurs un peu partout dans son corps et sa bouche sèche se parcheminait. Il reprit péniblement son chemin, et l'aube le trouva délirant, fiévreux, en proie à des visions étranges. Il croyait voir Ananda, et son bébé, puis Lisa et le sien. Il pensa avec désespoir qu'il ne les reverrait jamais, qu'il ne connaîtrait jamais ses deux enfants. Ses pas se faisaient rares et le soleil pesait sur lui comme une chape de plomb. Bientôt il ne put avancer, ses jambes ployèrent sous lui et son corps s'écroula comme la masse d'un guerrier vaincu.

Lorsqu'il reprit à nouveau conscience, il ne vit qu'une demi-pénombre et sentit sous son dos un sol dur et froid. Du solamétal ! Le mouvement dont il ressentait les vibrations lui fit deviner qu'il se trouvait dans une chaloupe. Était-il aux mains de la Fraternité Noire ?

Lorsqu'il tenta de se lever, il constata amèrement que ses membres étaient entravés. La fatigue avait disparu et la soif aussi. Il entra alors en lui-même et examina ses organes vitaux. On avait dû le réhydrater car son corps fonctionnait normalement. Puis il inspecta l'espace où il se trouvait. Ce n'était qu'une pièce vide, exiguë, à peine plus grande qu'une cellule. Des bruits lui parvenaient, mélange de voix étouffées et de bruits métalliques. Il ne pouvait rien faire qu'attendre et se mit en méditation. Bientôt il put communiquer faiblement avec Ananda. Comme elle était loin !

Tu es très faible, Aoki, mais tu vis. Je suis rassurée. Je te vois toujours à la recherche de la grande chose noire. Mais d'autres épreuves t'attendent... Courage !

Aoki patienta et absorba un peu de l'énergie de la soler qui faisait fonctionner la chaloupe. C'était beaucoup plus difficile que de se nourrir du soleil, et son esprit dut apprendre. Plusieurs heures s'étaient écoulées lorsqu'il entendit s'ouvrir la porte. Une silhouette sombre et silencieuse s'avança près de lui. Un Grand Prêtre. Aoki reconnaissait le capuchon noir et la démarche d'un adepte élevé dans la Fraternité. Ce n'était pas Madara, il n'était pas aussi grand que son ennemi juré. Une voix métallique aux accents inconnus s'éleva :

— Aoki, le gladiateur d'Irina... Frère Madara m'a tout dit de toi. Il est évidemment très déçu. Mais ta trahison n'entame en rien notre volonté de propager la Foi. Et notre puissance. Notre réseau a su te retrouver et attendre que la soif t'épuise. Cela m'a diverti de te voir aux portes de la mort. Mais la Ligue n'en a pas fini avec toi.

Le jeune homme décrypta facilement les paroles. Comme ils étaient devenus transparents pour lui, à présent ! Ainsi il n'était plus novice et devrait à nouveau combattre dans l'arène. Quant à la « Foi », il savait qu'elle n'était rien d'autre qu'un plan tortueux et impitoyable pour dominer les restes calcinés du monde. Et que ce Prêtre était sensiblement du même rang que « Frère Madara ». Ce dernier devait être en disgrâce pour l'avoir laissé échapper. Mais pas déchu pour autant. Il aurait donc un rôle à jouer de nouveau. Mais qui était son interlocuteur ? Comme en réponse à sa question, le Prêtre reprit :

— Je suis Tatsura, le Grand Inquisiteur. Tu vas répondre à toutes mes questions. Tu as fui avec la jeune prêtresse Ananda. Où se trouve-t-elle ?

Le jeune homme s'attendait à ce que cette question fût posée. Bien décidé à ne pas répondre, il était cependant curieux de savoir quels moyens allait employer Tatsura pour le faire parler. Il s'attendit à souffrir, et se replia en lui-même.

— Tu parleras, gladiateur. La souffrance est notre lot à tous. Mais je peux t'épargner.

Brusquement, Aoki sentit une vague de douleur envahir tout son être. L'Inquisiteur déployait dans son cerveau une force mentale presque aussi forte que celle de Choden ! Comment un Prêtre pouvait-il disposer d'un tel pouvoir ? Un pouvoir que manifestement Madara ne maîtrisait pas, car il l'aurait déjà utilisé contre lui… Il opposa à l'agression de Tatsura tous les mécanismes de défense qu'il avait appris au monastère. La douleur reflua, avant de revenir, plus forte encore.

Incroyable ! Ce jeune loqueteux possède le Ki ! Et au niveau des plus grands… Il est trop dangereux pour que je le laisse en vie. Mais avant il doit parler…

Aoki sentait peu à peu diminuer ses défenses… La puissance de Tatsura était incommensurable, doublée d'une haine féroce, et la douleur rivalisait presque avec ce qu'il avait déjà subi dans le Tombeau. Son cerveau peinait à freiner le flux mental et ses nerfs transmettaient la souffrance dans son corps tout entier. Il se sentit perdu, même si aucune force au monde ne pouvait le faire trahir son épouse. Il accepta la mort et se promit de lutter jusqu'au bout.

Non, Aoki!

L'agression mentale diminua soudainement, le jeune homme comprit qu'Ananda avait joint ses forces aux siennes! Il remercia silencieusement la jeune femme, conscient des risques qu'elle prenait... Si Tatsura repérait le Ki d'Ananda, il se mettrait aussitôt à sa poursuite mentale et saurait bien vite où elle se trouvait! Il fallait lutter et vaincre, très vite. Alors il jeta toute sa force dans la bataille, résolu à reprendre l'avantage et à faire mal au Prêtre Noir! Ce dernier opposait à présent une défense de plus en plus en plus faible et commençait à ressentir lui aussi la douleur infligée. Il lutta, tout aussi résolu, jusqu'au moment où il comprit qu'il n'aurait pas le dessus. Il ferma son cerveau, et la lutte s'acheva. Ananda se retira très vite du cerveau d'Aoki. Épuisé, ce dernier regardait le visage blanc et creusé de Tatsura. Le Prêtre avait souffert lui aussi! La voix métallique reprit.

— Je suis surpris de ta résistance, je l'admets. Peu importe Ananda. Le fait que tu disposes d'un tel pouvoir est à considérer. Tu as réussi à régénérer le bras que Madara avait sacrifié. Cela signifie que tu as réussi à domestiquer l'énergie qui alimente tes cellules. Tu pourrais ainsi vivre longtemps. Très longtemps. Cela mérite que ton cas soit examiné par les plus hauts dignitaires de la Ligue. Te laisserons-nous vivre? Probablement pas, tu es dangereux. Reste une dernière chose à vérifier.

Le Prêtre se jeta sur Aoki, brandissant une lame invisible l'instant d'avant! Le tanto visait le cœur, et le jeune homme n'avait aucune chance de survivre. Aoki lança son Ki une nouvelle fois sur la lame et le bras qui la tenait. Tatsura fut littéralement projeté en arrière et rebondit brutalement sur la paroi de solamétal. Il resta immobile, à demi inconscient, tentant de reprendre ses forces. Il ferma plus complètement son cerveau et s'abîma dans de sombres pensées.

Cet Aoki est presque invulnérable... Seuls les plus grands Maîtres pourraient ainsi me résister. Je ne peux prendre seul la décision de le détruire. Il pourrait servir la Foi, malgré sa résistance. Nous ne sommes jamais allés aussi loin pour faire émerger le nouvel Humain. Nous pourrions dupliquer les capacités de ce gladiateur pour les ajouter à notre programme d'impression du vivant. Nous arriverons à tuer la mort, grâce à lui !

Lentement, Tatsura se remettait de la violente déflagration mentale. Il se releva péniblement et quitta la pièce, résolu à prévenir ses pairs de la situation nouvelle que représentait Aoki. Celui-ci, resté seul, se laissa entraîner dans un sommeil réparateur.

Lorsqu'il ouvrit de nouveau les yeux, il constata comme à l'accoutumée que dormir avait nettoyé son cerveau des déchets. Il procéda à quelques manipulations apprises de Choden pour éliminer complètement les protéines accumulées durant la lutte avec le Grand Inquisiteur. Puis il explora la chaloupe à l'aide de ses supersens et capta la décélération du petit vaisseau. Son cerveau calcula seul le temps passé depuis sa capture qui, couplé avec la vitesse, lui indiquerait fatalement la destination.

Avec un amer sourire, il sut qu'il revenait à Irina.

Oui, Aoki... Tu vas retourner dans l'arène... Mais tu ne seras pas seul... Fie-toi à Kagi !

L'assurance d'Ananda réconforta le jeune homme. Et lorsque les Prêtres Noirs vinrent le chercher, il se laissa faire avec docilité. On lui entrava les mains et les pieds avec des bracelets de solamétal reliés à des chaînes. Ainsi entravé, il ne pouvait qu'avancer à petits pas et assurer son équilibre à grand-peine.

La porte de la chaloupe s'ouvrit, et Aoki avança sur la terre brune qu'il connaissait si bien. L'air froid et familier lui redonna des forces. Il était bien au beau milieu d'Irina, dans cette arène où il avait vécu sa première existence. Il y avait maintenant plusieurs années... Il contempla avec un peu d'émotion les gradins vides, et se souvint des acclamations, de la violence des coups et de l'odeur mêlée de la sueur et du sang. L'arène ne lui manquait plus, et le goût du combat s'était émoussé. Une voix métallique familière le fit se retourner :

— Tu ne sembles guère surpris. Mais tu vas vite regretter d'être revenu.

Malgré son assurance affichée, le Grand Inquisiteur semblait un peu décontenancé. Aoki sourit légèrement. Et puis son sourire s'élargit franchement en reconnaissant la silhouette maigre et sèche de Kagi. Le petit homme n'avait guère changé, même si visage s'était quelque peu ridé. Aoki fut content de savoir qu'il n'avait pas été tué en représailles des actions de son ancien élève. Kagi ne dit pas un mot, comme à son habitude, et son visage n'exprimait aucune émotion. Kagi et son entier contrôle… Tatsura se tourna lentement vers lui, et lui parla à voix basse. Ce qui n'empêcha pas Aoki de tout entendre. Le Grand Inquisiteur ordonnait au maître d'armes de préparer le gladiateur pour les combats du lendemain. Le jeune homme se réjouit de passer du temps avec son vieil ami et la pensée d'une nuit de sommeil était réconfortante. Il pensait que le jour qui viendrait serait le dernier.

Sans un mot, Kagi conduisit Aoki au quartier des gladiateurs. Ses anciens compagnons avaient été consignés dans leur cellule. Il ne retrouva que deux Sœurs nouvelles venues qui le baignèrent et soignèrent ses blessures. Il regretta Arya et Mira, se demandant ce qu'elles étaient devenues. Malgré les bracelets et les chaînes, Aoki put se détendre entre leurs mains et se reposer. Elles le restaurèrent et le vêtirent d'une tunique de lin propre. Puis elles le conduisirent à une nouvelle cellule, qu'elles fermèrent à clé. Assis à même le sol, Aoki médita longuement.

Le Grand Inquisiteur doit être en train de rendre compte à ses comparses. Ils vont décider de ma mort, très probablement. Après de nouveaux combats… Mais je ne leur donnerai pas le plaisir du sang. Même s'ils me donnent des armes, je ne combattrai pas. Je vendrai chèrement ma vie, mais je ne tuerai pas.

Dans sa tête, Ananda lui donnait tout le réconfort dont elle était capable. Aoki lui dit qu'il fermerait son esprit lorsque la mort serait proche. Mais la jeune femme semblait croire qu'il sortirait vivant de l'arène. Comment ? Et lorsque la porte s'ouvrit à nouveau, Aoki se réjouit d'enfin retrouver Kagi… Cette fois, le petit homme arborait un sourire, qui en disait long sur sa propre joie de retrouver son gladiateur préféré. Il s'assit sans un mot devant

Aoki. L'émotion semblait le submerger. Alors Aoki prit la parole, conscient qu'il n'était plus l'élève de Kagi, mais un ami fidèle qui avait encore besoin de lui :

— Je suis heureux de te retrouver, Kagi, même si c'est pour mourir demain. Je vais te raconter ce qui est arrivé depuis ce jour où Madara est venu me chercher. Mais pas par la voix. Ouvre-moi ton esprit, s'il te plaît…

Le maître d'armes eut une expression de surprise, mais il comprit que désormais Aoki avait suivi les enseignements secrets de Choden et il laissa le jeune homme pénétrer dans son esprit. Il sut alors le Temple, Ananda, le pèlerinage, les souffrances du Tombeau, la fuite et le bras coupé, le Monastère et l'enseignement de Choden. Et puis l'errance et les Hommes rouges, le désert et la capture.

— Voilà pourquoi je porte ces chaînes…

— Je suis heureux de te voir, Aoki, même si je suis triste que ce soit dans ces conditions. Tu as de grands risques de mourir demain, c'est vrai, mais je suis confiant en tes nouvelles capacités. Et en ce que je t'ai appris !

Le jeune homme sourit. Il n'avait jamais entendu Kagi ainsi s'épancher. Il était presque heureux de mourir près de lui.

— À présent, écoute-moi attentivement. Cette nuit, on va t'implanter l'Œil. Voici comment tu devras combattre.

Le maître d'armes parla longuement, avec force détails, et Aoki comprit avec effarement ce qu'était l'Œil… L'opération consistait à forer le crâne au-dessus des sourcils, pour implanter un dispositif qui serait relié par impulsions électriques à un « ordinateur », lui-même connecté à un « nuage électronique » géré par la Fraternité Noire. L'Œil permettrait tout autant de voir et d'entendre ce que vivrait Aoki, mais plus encore de diriger ses gestes contre sa volonté et d'être la marionnette de Joueurs qui payaient une fortune à la Ligue de la Foi pour se donner l'illusion de combattre dans l'arène. Aoki eut un frisson de dégoût en pensant à ces misérables vies par procuration, enfermées dans leurs bunkers souterrains…

— À mon tour, je vais te raconter mon histoire. Tu en seras le seul dépositaire, et je crois que le moment est venu. Ma fin est proche. Voici.

Aoki écouta sans un mot l'histoire du vieux maître d'armes. Il lui apprit qu'il était originaire du pays même où la catastrophe de Tokohama avait plongé le monde entier dans la guerre. Choden était venu un jour le voir, offrant de lui enseigner son art martial. Lorsqu'il l'avait senti digne d'enseigner à son tour, Choden avait disparu. Il avait fait partie de ceux qui avaient tenté de résister à la Vague, le grand désespoir qui avait porté au pouvoir les fanatiques de la Fraternité Noire. Il aurait pu se laisser porter par la Vague et s'y maintenir à la crête, mais il avait préféré continuer à enseigner dans son école de combat. Jusqu'à ce qu'elle soit décimée, que ses élèves ne fuient ou ne soient capturés par la Fraternité Noire. Resté seul, Kagi avait tenté de résister à la Vague qui changeait définitivement l'ordre du monde. Mais il avait à son tour été capturé par les sbires des Prêtres. Il en avait tué sept de ses mains avant d'être vaincu. Ses exceptionnelles qualités martiales lui avaient valu d'être vendu comme gladiateur, avant d'être promu maître d'armes. Et qu'on l'ait réduit à enseigner les rudiments qui feraient des combattants destinés à divertir les milliers de réfugiés qui affluaient dans les camps comme celui d'Irina. Puis de se voir confier un jeune enfant sale et farouche qui ne connaissait que son nom. Aoki.

— Une légende raconte qu'un esclave est devenu « samouraï », dans l'ancien Japon. Moi j'étais un samouraï et je suis devenu esclave. C'était mon destin, celui de t'élever et de t'enseigner. Je ne connais pas ton destin, mon fils, mais il est de lutter et de vaincre. Demain, tu ne mourras pas.

Le jeune homme, très ému par le récit et qui s'entendait pour la première fois appeler un fils, ne put s'empêcher de sentir couler ses larmes.

— Ils vont venir et t'emmener, Aoki. Écoute bien. Voilà ce que tu devras faire…

Longtemps après le départ du vieil homme, Aoki entendit que l'on venait le chercher. Deux Frères l'emmenèrent dans une des salles de la maison de Li. Pas de trace du propriétaire de l'arène. Kagi lui avait appris qu'elle avait été confisquée par la Ligue. La salle était blanche et nue, à l'exception d'une table et d'un dispositif mystérieux aux brillants reflets de solamétal. On le coucha sur la table, refermant une nouvelle fois des liens autour de ses membres ainsi que de sa tête. Allongé, impuissant, Aoki ne s'opposa pas aux étranges manipulations des Frères. Une « arme » longue et pointue s'approcha lentement de son crâne et se positionna exactement à l'endroit décrit par Kagi. Il sentit une brève douleur lorsque la pointe s'enfonça au-dessus de ses sourcils. Mais la douleur devint intolérable lorsque la pointe se mit à vibrer, forant l'os du crâne. Impitoyablement, la lame s'enfonçait en lui. Aoki, malgré la souffrance, s'obligea à sentir la distance qui était ainsi trouée. Lorsque la lame cessa de vibrer, il sut jusqu'où serait implanté l'Œil. La lame recommença son mouvement de vibration, mais c'était cette fois pour se retirer du crâne. Le jeune homme était épuisé par toutes les luttes menées pour combattre la douleur. La lame disparut du champ de vision d'Aoki, et fut remplacée par un autre bras de métal, terminé par un objet rond et brillant. L'Œil. Il fut introduit par le trou foré et enfoncé de force.

Cette fois, la souffrance fut telle que le jeune homme ne put résister et sombra dans l'inconscience.

13 – *L'Œil et le martyre*

« Le combat est comme l'eau chaude qui refroidit dès que l'on cesse de la chauffer. »
(Livre de Choden)

La voix réveilla Aoki. Elle était doucereuse et insistante, et le jeune homme ne parvenait pas à situer d'où elle venait. Il tenta d'ouvrir les yeux mais grande était sa faiblesse. Il rechercha un peu d'énergie dans la lumière du soleil qui, il le savait par ses sens, inondait l'endroit où il se trouvait. Enfin, il put ouvrir les paupières et accommoder sa vue. Il était dans la même salle blanche et nue mais les Frères avaient disparu. Personne n'occupait la pièce et Aoki se demanda d'où venait la Voix. Il parvint à se concentrer pour écouter et comprit enfin.

Je suis Liang, et tu vas m'obéir. Je suis Liang, et tu vas m'obéir. Je suis Liang, et tu vas m'obéir. Je suis Liang, et tu vas m'obéir. Je suis Liang, et tu vas m'obéir. Je suis Liang, et tu…

La Voix répétait indéfiniment la phrase et Aoki comprit que Liang était une Joueuse et qu'elle lui parlait par l'intermédiaire de l'Œil. Il eut un bref sursaut de rage mais le réfréna bien vite, dans l'angoisse que la Voix lise dans son esprit. Mais non, Kagi lui avait assuré que les Joueurs ne contrôlaient que les terminaisons nerveuses pour activer des gestes-réflexes et qu'ils n'avaient aucunement accès à la conscience. En revanche, Aoki pouvait parler à voix haute avec la personnalité parasite.

— Je suis Aoki, qui es-tu ?

Aoki patienta, attendant que Liang lui réponde. Au bout d'un long moment, la Voix reprit sur un ton presque normal :

Tu es mon gladiateur, Aoki. Je suis relié à toi par l'Œil, et je te dirigerai dans les combats auxquels tu vas participer aujourd'hui. Je verrai tes adversaires par la microcaméra implantée dans ton nerf optique, et je connais désormais toute ta mémoire de combattant, qui a été téléchargée dans la mienne. Ainsi te ferai-je réagir selon mon bon plaisir. Naturellement, il est possible que tu sois blessé ou même tué, mais le privilège de l'Œil est réservé aux combattants de grande valeur, et mes instructions ne diminueront en rien tes capacités et tes réflexes. Et puis, rassure-toi, je suis une Joueuse expérimentée !

Aoki crut distinguer un sinistre rire dans les paroles de Liang. Il tenta une approche mentale, mais l'esprit de la femme lui était inaccessible, elle devait être située dans une lointaine partie du monde et le jeune homme savait ne pouvoir s'introduire dans un esprit inconnu sans être près de lui. Il essaya une autre tactique.

— Pourquoi faites-vous cela ?

La Voix se tut encore durant un long moment, au point que le jeune homme pensa que la communication avait été coupée. Mais Liang parla à nouveau, et le timbre avait subtilement changé :

Ainsi tu réfléchis, Aoki. Tu n'es pas un gladiateur comme les autres. Tes congénères ne posent pas de questions. Ils sont honorés de porter l'Œil. Ou alors terrifiés à l'idée de ne pouvoir maîtriser leurs gestes... Toi, tu n'es ni l'un ni l'autre. Tu sembles... résigné à l'idée de mourir, ou alors... confiant dans tes capacités à vaincre. Je préfère être sincère avec toi, mes gladiateurs ne survivent presque jamais à leur premier combat sous l'Œil. C'est ainsi, même si je fais de mon mieux. Je ne cherche pas leur mort, tu sais, mais je m'ennuie tellement... J'étais autrefois une femme insouciante, riche et libérée de toute contrainte. Et puis est venue la Catastrophe ; et la Vague. J'ai eu peur, et j'ai fait comme tous les Minekos. Je me suis enterrée dans un bunker pour échapper à cette violence. Au début, j'étais reliée à ceux qui avaient fait le même choix. Et puis ils sont presque tous morts. Certains de faim, car leur bunker avait été endommagé. D'autres d'ennui. J'étais en bonne santé, je n'avais pas besoin comme tant d'autres de me faire greffer la flore intestinale de porteurs sains ou les organes de donneurs esclaves élevés dans les temples. Je sais que certains malades se font faire des greffes de moelle osseuse pour profiter de cellules souches provenant de porteurs d'une mutation génétique implantée chez les enfants des prêtresses du Temple. Je trouve ça sinistre... D'autres font des bébés sur mesure en contrôlant génétiquement les embryons. D'autres encore se sont fait cryogéniser pour attendre un avenir meilleur. Moi je n'avais rien ni personne qui me retienne à la vie. Alors je me suis suicidée. Mais avant, j'ai téléchargé ma mémoire dans une machine pensante reliée à celle des Prêtres de la Fraternité. En échange de ma fortune, ils m'ont donné une existence virtuelle. Celle de Joueuse. C'est la seule chose qui puisse encore faire vibrer ma conscience, Aoki. Je ne suis plus qu'une Voix désormais.

Liang se tut définitivement. Aoki sut qu'elle ne reparlerait plus, attendant l'heure de l'arène. Sans doute se disait-elle que ses confidences n'avaient aucune chance de survivre à Aoki. Mais il savait maintenant tout ce qu'il devait savoir. Il avait hâte à présent d'être libéré de ses liens et de retrouver l'arène. Non que le combat lui manquait — il savait ne plus avoir le goût de tuer — mais la lumière du soleil et l'air froid d'Irina allaient le régénérer, apporter à tout son corps les grains d'énergie subtile qui faisaient de lui un homme amplifié. Pas l'homme-machine dont semblaient rêver les Prêtres Noirs.

Il prenait peu à peu conscience du Plan rêvé par la Ligue de la Foi, et de son projet ultime. Et de l'importance de l'argent de riches donateurs. La Ligue était bien plus qu'une organisation de religieux fanatiques. Sans doute régnait-elle par la terreur, mais elle avait aggloméré ce que le monde ancien avait de pire.

Lorsque le jeune gladiateur fut délivré de ses liens par les deux impassibles Frères, il sut que l'heure était venue. On vérifia que son corps était sain de toute blessure — Aoki trouva réjouissante l'ironie de prendre soin de celui que l'on envoyait à la mort — et on lui fit absorber un repas plantureux. Celui du condamné… Cela ne l'empêcha pas de manger avec appétit, même s'il savait pouvoir absorber l'énergie solaire. Une soler naturelle. Enfin, on le dirigea vers l'entrée de l'arène. Les Frères savaient qu'à tout instant Liang pouvait diriger les pas d'Aoki. Aucun risque qu'il puisse s'enfuir. Et quand s'ouvrit la porte, une explosion de bruit et de fureur, une illumination de couleurs et de formes assaillit le combattant.

L'arène était pleine comme jamais Aoki ne l'avait vue. Des milliers de spectateurs avides et chauffés à blanc par l'attente acclamaient le nouveau venu ou bien se déchaînaient d'injures contre lui. Il savait que son ouïe surdéveloppée pouvait capter n'importe quel son à grande distance, mais il se rendit compte qu'il pouvait également isoler chaque son individuellement au milieu de la cacophonie. Ainsi entendit-il nettement plusieurs conversations. L'un disait à autre : « C'est Aoki, le meilleur des gladiateurs ! » cependant qu'un autre lui répondait : « Sans doute, mais ce qu'il va affronter n'a rien à voir avec ce qu'il connaît… »

Et puis, en isolant chaque son, Aoki prit conscience qu'il pouvait également isoler chaque couleur, chaque relief et que les couleurs semblaient démultipliées en milliers de nuances, se combinant en des millions de coloris tous différents… Il se demanda si l'Œil était responsable de ce phénomène d'amplification. Pourtant Kagi n'avait rien dit de ce pouvoir. Il comprit que la caméra implantée sur son nerf optique avait stimulé sa vision et son audition. Mais le phénomène était-il transitoire ? Il se dit avec satisfaction qu'il le saurait bientôt…

Il se planta au milieu de l'arène, retrouvant les vieilles habitudes du combat. Autour de lui, le bruit et la fureur ne faiblissaient pas. Il attendit patiemment, absorbant l'énergie de l'air et de la lumière. Il faisait toujours aussi froid à Irina, et cette pensée le réconforta un peu. Ses pieds nus s'agrippaient fermement dans la terre brune familière, leur sixième orteil apprenant très vite cette nouvelle sensation. Enfin, on vint déposer près de lui les trois armes réglementaires. Pas de protections. Pas de choix possible. Il y avait un *nuncha*[30] à trois branches, un tanto de bois et un *tekken*[31] qu'il pouvait adapter à son poing à six *kentos*[32]. Rien que des armes défensives… Un gladiateur n'avait aucune chance avec ça. On lui signifiait qu'il ne sortirait pas vivant de l'arène. Il lui faudrait donc emprunter une arme en solamétal…

Les vociférations redoublèrent : les kamikazes venaient d'entrer dans l'arène et déjà les spectateurs leur envoyaient des centaines de tsukas que les pauvres hères s'empressaient d'amasser dans leurs poches. Puis on leur distribua leurs armes. Ce n'étaient plus les lames ébréchées d'antique acier, mais bien des armes de solamétal. La foule savait qu'Aoki serait sacrifié. Ce n'était pas un combat mais le Martyre, cette punition suprême qui se terminait par la mort lente et sanglante d'un gladiateur en fuite… Les kamikazes fixaient Aoki avec un mélange de crainte et de respect. Ils se savaient de meilleures chances avec ces armes nouvelles et plus légères, mais la réputation et la stature d'Aoki les fascinaient. Ce dernier ressentit un profond dégoût en voyant ces hommes prêts à la mort pour quelques piécettes. Le monde de la Fraternité Noire n'avait rien de fraternel.

Et puis les kamikazes attaquèrent. Les katanas, les *kamas*[33] et les *kusarigamas*[34] brillaient au soleil et allumaient des reflets étranges dans les yeux d'Aoki. Déjà, il sentait dans son corps la mobilisation des nerfs sous les impulsions de Liang. Ses bras avaient saisi le nuncha et le tanto. Ses jambes se mirent en mouvement pour aller à la rencontre des kamikazes. Sa bouche s'ouvrait pour vomir un cri de haine et de férocité. Quel surprenant sentiment que de se sentir dirigé comme une marionnette ! Malgré la volonté d'Aoki, son corps ne lui appartenait plus, sa volonté était abolie, seule sa conscience lui gardait un semblant d'humanité. Il eut un moment d'intense affolement.

---

30 – Dérivé du nunchaku, arme composée de deux bâtons reliés par une chaîne, transformable en bâton ou en sancha (à trois branches)

31 – Coup de poing américain.

32 – Têtes des phalanges du poing, qui représentent la surface d'impact du coup de poing, notamment en karaté.

33 – Faucilles.

34 – Faucilles avec chaîne.

Pas encore ! Je dois attendre…

Aoki se ruait sur ses adversaires avec férocité, et déjà les armes s'entrechoquaient. Malgré la force et la valeur d'Aoki, ses armes étaient bien inférieures à celles des kamikazes. Du tanto, il parvint à esquiver les coups maladroits, mais un katana le brisa très vite en deux. Il dut alors feinter, ruser, esquiver. Liang le dirigeait admirablement, mais il savait que ses chances étaient limitées.

Maintenant !

Aoki reçut l'attaque d'un kama, et de son nuncha encercla la faucille grâce à la chaîne fixée entre les deux bâtons. D'un seul geste, il lâcha le nuncha et récupéra la faucille. Pour que ses réflexes ignorent les ordres de Liang, il projeta la seule force qu'elle ne pouvait lui voler. Le Ki enveloppa le combattant d'une protection mentale bien supérieure à celle d'une ceinture d'énergie.

Il entendit la Voix-Liang, complètement désorientée :

Imbécile ! Que fais-tu ?

Aoki sentit que le moment était venu. Liang relâcha brièvement son contrôle sur ses nerfs, et grâce au Ki, il retrouva la maîtrise de ses gestes. D'un geste rapide et précis, il posa la pointe de la lame du kama contre son crâne et perça l'Œil jusqu'au fond de l'orifice foré entre ses deux sourcils. Malgré la douleur, il creusa jusqu'à s'arrêter au nerf optique, afin de ne pas le détériorer, puis d'un coup sec il retira la lame et le petit cylindre de solamétal… Il rejeta les deux à terre, s'appliqua à cautériser mentalement la plaie, puis à régénérer l'os.

En quelques secondes, rien ne subsistait de l'intervention chirurgicale, pas même une cicatrice. Aoki se remit lentement de son acte, essoufflé et fragile. Un silence s'était fait dans l'arène et les kamikazes immobilisés, fascinés par ce qu'ils venaient de voir, observaient celui qu'ils avaient pour tâche de tuer. Puis, lentement, un à un, ils reculèrent et quittèrent l'arène. Le silence dura longtemps.

Soudain, une immense ovation salua l'homme seul resté sur la terre battue. Pas une goutte de sang n'avait été versée et Aoki était acclamé, applaudi, son nom scandé par des milliers de bouches ! Le gladiateur était troublé. Cette foule qu'il avait détestée, méprisée pour s'être tant de fois délectée de la souffrance et de la mort, cette foule applaudissait une victoire sans violence et sans cadavre... Il se souvint de son errance et des hommes qu'il avait côtoyés et de ceux qui s'employaient à nourrir sans rien demander en retour. Un immense sentiment s'empara de lui, la conviction que tout ce qu'il avait fait depuis sa fuite l'amenait à cet instant exceptionnel, et l'impression confuse de pouvoir conduire une humanité martyrisée.

Il leva lentement les bras, mains ouvertes, et les ovations redoublèrent. Des spectateurs se levèrent et répétèrent le geste d'Aoki, bras tendus, mains ouvertes. D'autres les imitèrent, d'autres encore, puis bientôt les gradins se couvrirent d'hommes et de femmes debout, en forêt de bras et de mains saluant la victoire sans combat. Et sans l'Œil.

Je suis fière de toi, Aoki ! Je savais que tu remporterais cette bataille. Mais la guerre n'est pas terminée !

La voix d'Ananda avait remplacé dans sa tête celle que Liang insinuait à ses oreilles. Aoki se sentit plus fort encore. Il baissa lentement les bras et attendit. Peu à peu, les spectateurs se rasseyaient, les acclamations s'éteignaient. Mais d'autres se levaient à leur tour et quittaient l'arène. Quelques riches Mikenos, quelques Frères Noirs et autres marchands d'esclaves. La peur avait changé de camp, et ceux-là s'en allaient prudemment. La journée de sang et de fureur ne s'achèverait pas ainsi, cependant, Ananda l'avait pressenti. Bientôt les portes s'ouvrirent et Aoki s'attendit à l'entrée de gladiateurs, bien plus difficiles à impressionner que des kamikazes. Mais ce n'étaient pas des hommes qui entrèrent. Et le silence se fit à nouveau sur les gradins à l'entrée des nouveaux combattants.

C'étaient des fauves. Les carnivores qu'Aoki avait croisés ou encore ceux dont Choden lui avait décrit l'aspect. Lions, tigres, ours, panthères, chacals, hyènes. Une trentaine de carnassiers s'approchaient lentement d'Aoki en grondant. Toute peur avait quitté l'homme, mais Aoki fut impressionné par leur taille. Car ils étaient plus grands, plus massifs, plus dangereux encore que les fauves qui avaient subi les radiations. Ceux-là avaient été manipulés, transformés par les adeptes fous de la Fraternité Noire. Le gladiateur se souvint de ses rencontres avec les loups et il s'interrogea sur ses chances de vaincre de tels animaux. Les armes des kamikazes étaient restées au sol, nul ne s'était aventuré à les récupérer.

Puis il renonça à toutes ses questions et attendit.

Le grand tigre à quelques pas seulement de lui était magnifique. Son pelage jouait sous le mouvement des muscles formidables et les reflets du soleil. Ses yeux brillaient comme les pierres précieuses que de jeunes moines lui avaient montrées, au monastère. Il se dégageait de lui une force sans égale, l'animal savait que nul être vivant ne pouvait résister à ses crocs et à ses pattes griffues. Les autres fauves s'approchaient, à distance respectueuse, prêts à s'entre-déchirer pour disputer la proie au tigre, quand celui-ci aurait attaqué. Aoki admira la beauté du tigre, mais la peur n'était pas en lui. Il ressentit même une profonde compassion pour celui qui, au sommet de la chaîne alimentaire, était condamné à traquer et à tuer, inlassablement. Ou à mourir.

Alors, le comportement du fauve changea imperceptiblement; d'étranges lueurs vivaient dans les prunelles du tigre, attentif, tous ses sens en action. L'arène était paralysée dans le silence. Hommes, femmes, animaux, tous attendaient la réaction du grand carnassier. Et puis les lueurs décrurent dans les prunelles, le fauve feula longuement et reprit sa marche vers l'homme debout. Aoki ne bougea pas un muscle. Le tigre était maintenant devant l'homme, à portée de mâchoire, si près d'Aoki que la forte odeur du fauve envahissait ses narines. Alors l'homme s'agenouilla lentement, et tendit doucement ses bras et ses mains nues sous le regard du tigre. L'animal flaira les mains, regarda une dernière fois l'homme dans les yeux, puis se coucha sur la terre battue, fermant les paupières, apaisé. Derrière lui, les autres fauves s'étaient immobilisés, sentant confusément que la férocité du tigre s'était inclinée devant l'assurance tranquille de la bête qui se tenait debout.

Et puis, dans le silence total de milliers de souffles retenus, le tigre se releva paresseusement, étira ses muscles prodigieux et fit demi-tour. Bientôt, le reste de la troupe de fauves imita le tigre, et les énormes animaux regagnèrent les portes de l'arène. Aoki, immobile, agenouillé, ne bougeait pas.

Il a senti que mon intention n'était pas la lutte. Son esprit était en communion avec le mien. Comme le disait Choden.

L'arène reprenait vie. Quelques-uns firent de nouveau le signal de victoire qu'Aoki leur avait appris, d'autres apostrophaient leurs voisins, d'autres encore contemplaient le gladiateur agenouillé qui n'avait pas combattu et qui avait épargné la vie.

Alors les portes s'ouvrirent à nouveau, et ce qui pénétra l'arène glaça le sang de tous. C'était un groupe de gladiateurs férocement armés, dépourvus de protections et de ceintures d'énergie. Mais la réalité de l'arène s'arrêtait là. Car ces gladiateurs n'étaient pas humains. Ils n'en avaient que l'apparence, la stature, et le comportement. Tout le reste prouvait qu'ils étaient passés entre les mains des chercheurs de la Fraternité Noire. La peau blanchâtre et lisse qui recouvrait leur organisme n'était pas de la peau. Leur visage à peine esquissé n'était pas un visage, car il était dépourvu de bouche, de nez et d'yeux. Leur démarche saccadée, enfin, prouvait leur origine, mi-machine, mi-organisme vivant.

Et lorsque les gladiateurs commencèrent à se battre entre eux — un combat d'une férocité et d'une violence inouïe —, les plus faibles se faisaient découper vivants, les plus atteints se relevaient en morceaux et reprenaient le combat, et leur corps semblait se régénérer presque à vue d'œil. Et avec ça, aucune feinte, aucune défense, aucune réaction à cette violence brutale et primaire. Aoki regardait avec dégoût cette parodie de combat, ces gesticulations de machines vivantes, ces monstres créés en laboratoire par les Prêtres fous.

Quant à la foule, après un moment de curiosité silencieuse, elle laissait monter un sourd grondement de mécontentement. Les gradins, à leur tour, ne considéraient pas ce spectacle comme digne d'une arène. Des objets divers commençaient même à être lancés sur les machines, comme lors des plus mauvais combats.

Le spectacle ne se déroule pas comme prévu. Les Prêtres improvisent… Mais que leur reste-t-il en stock ?

Comme pour donner raison à Aoki, le combat s'arrêta net. Les machines se figèrent dans leur mouvement puis se retirèrent, les armes à la main, en obéissantes marionnettes. La foule applaudit bruyamment, des voix scandèrent à nouveau Aoki, et puis l'on attendit.

Après quelques minutes, les portes s'ouvrirent à nouveau. Un groupe de gladiateurs pénétra dans l'arène. De vrais hommes, ceux-là. Le Soleil était déjà haut dans le ciel, et Aoki se sentait à nouveau plein de force, prêt à utiliser son bouclier mental de Ki. Il reconnut quelques-uns de ses anciens camarades, d'autres lui étaient inconnus. En tête marchait Daisaki, un combattant de valeur, longtemps rival d'Aoki. Les deux hommes se respectaient. Pourtant, un pressentiment naquit en Aoki. L'homme arborait un sourire moqueur. Tous étaient formidablement armés mais dépourvus de protections. Quelque chose n'était pas normal. Lorsque Daisaki s'approcha suffisamment, Aoki comprit que les lutteurs avaient eux aussi été manipulés… Ils étaient plus puissamment musclés et leur force physique semblait doublée.

— Eh bien, Aoki ? Quel effet cela fait-il d'avoir devant toi des athlètes modifiés ? Nous ne craignons plus tes coups, à présent, nous ne connaissons plus la douleur. Et nous avons en nous l'Amok !

L'Amok ! Cette fureur incontrôlable, cette folie meurtrière était connue de tous les gladiateurs. Lorsque les combattants sentaient venir la défaite, certains se soumettaient à la mort, d'autres résistaient jusqu'au bout. Certains, très rares, se déchaînaient en une colère folle, se ruant sur l'adversaire vainqueur, trouvant la mort sous sa lame, mais parfois terrassant l'autre en même temps et l'achevant dans une brutalité féroce. On reconnaissait le combattant pris par l'Amok à sa fureur suicidaire, à son insensibilité à la douleur et à la puissance de ses coups. Son visage prenait l'aspect d'un masque grimaçant, déformé par la colère et qui ne se figeait plus que dans la mort. Des cris inarticulés accompagnaient ses mouvements et une sueur glacée inondait tout son corps. Les paroles de Daisaki semblaient induire l'idée que les Prêtres avaient découvert le moyen de provoquer l'Amok à volonté...

Aoki attendit l'assaut. Il n'avait pas même récupéré les armes dispersées sur le sol. Aucun homme n'avait la moindre chance de survivre à ces super gladiateurs et il savait que son Ki n'aurait pas la puissance suffisante pour repousser indéfiniment le groupe qui s'avançait à sa rencontre. Même si Ananda avait joint sa puissance à la sienne, cela n'aurait fait que reculer l'échéance. Elle ne le verrait pas mourir ! Il ferma son esprit à son épouse et se prépara, une fois de plus. Il résolut de repousser les termes de la défaite et s'entoura de son bouclier mental, bras tendus, mains ouvertes, acceptant ce que le destin lui réserverait.

— Amok !

Daisaki avait donné le signal, les gladiateurs entrèrent dans la fureur, se ruant sur Aoki à une vitesse phénoménale, bouches férocement ouvertes sur des cris barbares, katanas levés et prêts à répandre le sang. Les premiers coups rebondirent sur l'écran mental, mais les gladiateurs redoublèrent de colère et frappèrent sans relâche. Daisaki lui-même était un katana vivant, monstre de fureur et de puissance aveugle. Bientôt, Aoki sentit que ses défenses commençaient à céder. Il avait de plus en plus de mal à repousser les dizaines d'attaques simultanées, incessantes, dont il commençait à ressentir la brutalité. Son ouïe surdéveloppée enregistra alors les sons d'une colère au moins égale à celle des gladiateurs et il perçut que la foule commençait à envahir l'arène...

Son dernier souvenir fut celui de la lame de Daisaki brisant l'écran du Ki et s'abattant sur lui.

14 – La guerre de l'eau

« L'éléphant ne peut briser la chaîne qui le retient captif. Non parce qu'il en est incapable, mais parce qu'il la porte depuis son enfance. »
(Livre de Choden)

La conscience revint doucement, légère, flottante, puis se densifia en une sensation désagréable, et explosa enfin en douleur fulgurante. Aoki ne sentait plus qu'un océan de souffrance qui allait et venait en vagues coléreuses ou moins fortes. Cette douleur pulsante était son corps, une marée qui le dévorait tout en avivant sa conscience et avec elle la volonté de lui échapper.

Elle revint. Lentement, méthodiquement, il s'appliqua à l'accepter, à l'apprivoiser, à l'apaiser. Et au bout d'un temps infini, elle lui ménagea une discrète porte de sortie, qui lui rendit sa clarté d'esprit. Il était vivant, après être mort. Mais quelle mort avait provoqué cette souffrance ? Sans doute une mort violente et brutale. Et puis il se souvint. L'arène. Daisaki. La dernière lame…

Il ouvrit les yeux. Il faisait nuit. Et puis il vit l'homme penché sur lui. Il eut le réflexe depuis longtemps aiguisé de se protéger, mais ce simple geste le fit retomber dans un nouvel abîme d'inconscience.

Lorsqu'il se réveilla, la douleur s'était calmée. Ses sens étudièrent l'environnement dans lequel il se trouvait. Ce n'était plus le sol de l'arène, mais celui, inconnu, des environs d'Irina. Une odeur familière rôdait autour de lui. Le sang. Et la mort. Il était entouré de cadavres. Il était dans ce que les gladiateurs nommaient « le cimetière ». Le lieu où l'on entassait ceux qui n'avaient pas survécu.

Il sentit un contact sur sa peau, c'était des mains qui le manipulaient mais ne lui infligeaient pas la souffrance. Au contraire. Elles le soignaient. Mais des mains inconnues, chaudes et vibrantes. Il sut qui était l'homme. Un *Sauveur*. Les Sauveurs appartenaient à la Ligue de la Foi. Ni Prêtres ni guerriers, ils étaient les anges de la vie et de la mort. Leur quotidien était les martyrs, qu'ils soient combattants ou pauvres hères. Martyrs de l'arène ou martyrs de Tokohama. Lorsqu'ils évaluaient que le blessé pouvait être sauvé, ils le soignaient et le guérissaient selon différentes méthodes mystérieuses. Et quand le blessé ne valait pas la peine d'être sauvé ou quand son état laissait préjuger une mort prochaine, le Sauveur lui infligeait *Sutemi*. Le don du corps. Le blessé était achevé et son corps remis à la banque des cadavres que gérait la Fraternité.

Alors Aoki ouvrit les yeux. C'était bien un Sauveur, reconnaissable au soleil bleu qui ornait son uniforme. L'homme s'affairait sans un mot. Il était de peau noire et ses yeux brillaient à l'éclat lunaire. Les Sauveurs étaient les rares volontaires de la Fraternité. Il fallait des compétences particulières en médecine, en maniement des armes, en connaissances des éléments naturels. Secouristes et policiers, juges et bourreaux, ils étaient tout à la fois craints et respectés. Revêtus d'une combinaison protectrice et antiseptique inspirée de celle des pèlerins, ils étaient assurés d'aller au paradis de Tokohama s'ils mouraient à leur tâche.

— Tu vivras, Aoki. Je connais ta réputation et j'ai fait tout mon possible. Tes blessures étaient profondes et nombreuses. J'ai dû te faire une greffe de peau. Je constate que ton corps guérit rapidement, tu n'auras aucune séquelle. Je te laisse un onguent pour accélérer la cicatrisation des segments greffés. Et je crois deviner que le soleil du matin te fera le plus grand bien… Savais-tu que quelques minutes de son rayonnement véhiculent autant d'énergie que notre planète en consomme durant une année entière ?

La voix de basse était profonde et apaisante. Et en effet, Aoki se sentait beaucoup mieux. Les souvenirs de la journée revenaient à présent. Ce Sauveur semblait le connaître parfaitement, un peu trop même. Il interrogea. Sa voix à lui était faible, et sa gorge sèche.

— Qu'est-il arrivé dans l'arène ?

— L'arène ? Les spectateurs l'ont envahie. Ils se sont rués sur les gladiateurs qui t'assaillaient. Beaucoup de ces gens sont morts, mais ils ont été rejoints par Kagi, le maître d'armes à la tête des kamikazes. Une meute s'est abattue sur Daisaki et son groupe. Jamais arène n'a connu tant de morts et une telle effusion de sang. Des centaines de cadavres ont rapidement jonché le sol. Les gladiateurs de Daisaki ont été finalement vaincus, débordés par le nombre. Mais les assaillants, spectateurs, kamikazes ont été taillés en pièces par les policiers de la Ligue de la Foi. Alors sont intervenus les Sauveurs.

— Kagi ? Que lui est-il arrivé ?

— Il est mort comme les autres, parmi les derniers. Il a bien combattu. Avant de périr, il a tué de ses mains onze policiers.

Aoki eut une longue pensée pour son premier maître. Kagi avait bien choisi sa mort. Dans l'arène. Et il s'était sacrifié pour lui. Il le regretterait longtemps, et son cœur garderait sa mémoire. Le Sauveur se leva. Il récupéra son matériel, un sac adapté à son dos, dont il sortit un flacon qu'il déposa près d'Aoki.

— Bonne chance Aoki. Que la paix de Tokohama soit avec toi. N'oublie pas que la souffrance est le don qu'il nous fait pour mériter le paradis. Si l'on te demande qui t'a sauvé, tu répondras Ambz'aïd.

Ambz'aïd tourna lentement les talons et s'éloigna. Il se fondit rapidement dans l'obscurité. Aoki repensa à tout ce qu'il lui avait dit. Une meute…

Comme une meute de loups… Les loups que j'ai rencontrés étaient toujours en meute, sauf les vieux chefs, écartés par des loups plus jeunes ou plus forts. Mais c'était toujours pour diriger la meute et pour en protéger les plus faibles. La tribu des Hommes rouges était une meute dirigée par une femme qui dirigeait et veillait sur les plus faibles aussi. Lorsque Kagi a entraîné les gladiateurs et les kamikazes dans l'arène, tous savaient qu'ils allaient mourir. Mais ils étaient liés par un but commun, par les liens tissés ensemble au cœur du combat, chacun protégeant les autres, et chacun se sentant défendu par les autres. Cette cohésion permet de se concentrer sur l'environnement du combat et sur la meilleure tactique pour vaincre. Ou pour aller sans peur à la défaite. Une meute peut être invincible dans ces conditions. Les Prêtres de la Fraternité Noire ne forment pas une meute. Ils adhèrent aveuglément à une idéologie et donnent la mort par plaisir. Leur hiérarchie est tentaculaire, froide, cruelle. Et leurs chefs se soumettent au plus fort par calcul, par ambition et par rivalité. La rivalité est leur faiblesse. Leur but est une dangereuse illusion, une destruction programmée et absurde. Et quand le plus fort, le plus cruel, aura vaincu ses semblables, il se retrouvera seul. Seul à la tête d'un monde dévasté.

Les paroles d'Ambzaïd étaient contradictoires, il s'en rendait compte. Parler de paix et de souffrance. Vivre l'enfer pour mériter le paradis. Pour la seconde fois, Aoki ressentit ce sentiment intense et bouleversant de se sentir le guide d'une meute soudée par une révolte commune. La révolte avait pour cette fois échoué. Pour cette fois.

Il se promit de s'inspirer du sacrifice de Kagi. Et repensa au geste imité par des milliers de pauvres hères sans avenir. Et la force qu'elle leur avait donnée. La force du bras tendu et de la main vide.

Le jour s'était levé. Aoki attendit que le soleil vienne le baigner et lui redonne sa force. Le soin prodigué par le Sauveur était efficace et il se promit d'utiliser son onguent. La douleur s'était apaisée, même si elle venait encore en vagues, de moins en moins nombreuses. Il s'étonna une fois de plus de sa capacité de régénération. Elle tenait autant de l'enseignement de Choden que de l'épreuve subie à Tokohama. Mais il savait aussi que sur un autre que lui, les conséquences auraient été différentes. Il ne s'en réjouissait pas ni n'en tirait de l'orgueil. C'était ainsi. Comme il ne tirait aucune gloire de ce qu'il avait fait dans l'arène. Si peu en fait. Tendre ses bras et ne pas lutter. Il n'avait pas combattu. Il avait seulement montré un chemin différent où tous l'avaient suivi. C'était une lourde responsabilité. À cause de son geste, des femmes et des hommes étaient morts, si nombreux. Mais la mort était le lot commun de tous les êtres vivants. Grande est la liberté de choisir la sienne.

Il se leva enfin. Ses membres étaient douloureux, ses plaies refermées encore sensibles, mais il pourrait marcher. Il s'aperçut qu'Ambz'aïd lui avait laissé des vêtements propres et un sac contenant des victuailles. Il sourit. Il ne mangerait plus désormais. Ne donnerait plus la mort. Ne vivrait que de l'énergie et d'un peu d'eau. Il se vêtit et n'emporta que le flacon. Jamais il ne s'était senti aussi libre. Il ne possédait que sa vie et sa liberté, et c'était les seuls biens qu'il posséderait.

Le jour était lumineux, et son esprit serein. Il observa le ciel et retrouva son chemin. Marcher lui était devenu une seconde nature et il retrouva vite ses habitudes d'errance. Mais cette fois, il repartait d'Irina vers le Sud et par une route bien différente. Il délaissa rapidement les voies de circulation et se retrouva à nouveau dans des contrées de plus en plus désertiques, de moins en moins peuplées.

On voyait souvent des villages abandonnés et des installations intentionnellement détruites. Une guerre avait eu lieu ici. Elle portait les stigmates de la Fraternité Noire. Temples, écoles, cités de réfugiés avaient été rasés, mais on voyait encore des inscriptions écrites en des langues inconnues d'Aoki. Les radiations étaient présentes, mais en moins grande intensité que dans les régions qu'il avait traversées dans son errance. Ici, on s'était battu à l'arme blanche et aux canons soler. Même les infrastructures économiques — aéroports et sites industriels — avaient été attaquées par des hommes, détruites par des hommes, puis abandonnées par des hommes. Les mêmes ? Aoki observait, prudent, mais sa marche l'éloignait toujours plus de l'humanité. Et de l'inhumanité.

La seule présence qui l'accompagnait était celle d'Ananda, en esprit, et chaque étape parcourue se terminait au soir par un dialogue mental tendre et rassurant. Un matin, pourtant, la voix d'Ananda toucha l'esprit du voyageur.

Ton enfant est né, Aoki! J'ai souffert toute la nuit mais il est vivant!

Aoki se figea dans son mouvement, et sentit la tête lui tourner. Il s'assit à même le sol et attendit que son épouse lui reparle dans son esprit.

Je sens ton trouble, mon cher mari. Mais j'ai besoin de ta force. L'enfant est fort et vivace, mais je suis épuisée. Tu as senti que c'était une fille, bien sûr?

Aoki l'avait senti, en effet, à l'instant même où Ananda avait annoncé la nouvelle.

Oui, tu l'as senti. Nous devons lui donner son nom…

L'homme et la femme n'eurent pas à se concerter, le nom de l'enfant leur était apparu au même instant…

Reva, fille d'Ananda et d'Aoki… Je pressens que son destin sera tout aussi glorieux que celui de son père. Mais c'est une enfant un peu frêle, et elle possédera sans doute mes facultés car nous sommes déjà en connexion. C'est… étrange. Je communique avec Reva, mais pas par les mots. C'est à un autre niveau. Mes intuitions s'arrêtent là, pour le moment. Mais, Aoki, un autre enfant est né cette nuit…

Aoki comprit tout de suite. Lisa elle aussi avait enfanté de lui. Il était père à présent, père de deux enfants nés la même nuit. Celui de Lisa était né avant terme, comme si… comme si l'enfant avait pressenti que sa demi-sœur était venue au monde, comme pour vivre avec elle une gémellité de destin.

C'est un garçon, Aoki. Lisa l'a nommé Amar… Il est encore faible et Lisa veille sur lui comme sur un trésor. Mais je sens en cet enfant toute la force de son père. Il s'est battu pour naître!

Le jeune père se sentit très ému. Deux vies étaient nées de lui, de deux femmes, et il se sentait une responsabilité à la fois légère et écrasante. Il dormit et rêva. De ses deux enfants presque jumeaux…

Au lendemain, il s'éveilla frais et reposé. Le Soleil était bienfaisant et il médita un long moment, faisant provision d'énergie. Et plus il marchait, plus le Soleil était chaud. Il remarqua que toute chose est double et que l'équilibre est un chemin difficile qui exige des efforts constants. Le Soleil lui donnait de l'énergie, mais il préférait le froid sec et vivifiant. Il fallait concilier ces deux aspects. Mais plus il marchait, plus l'équilibre lui semblait rompu dans le monde. Bientôt les ruines de la civilisation des hommes ne révélèrent plus les marques de la guerre. Mais celles de l'abandon. Les hommes avaient fui, pourquoi ?

Il en comprit la raison lorsqu'il se trouva devant le premier trou. Il n'était pas très profond mais contenait le squelette d'une petite maison. La terre s'était effondrée sous le poids du bâtiment. Puis d'autres trous apparurent sur sa route, certains encore en formation, d'autres à la profondeur incroyable. Des ruines apparaissaient à l'intérieur, comme si la terre les avait avalées voracement. Des voies de circulation s'affaissaient lentement et des pans entiers dormaient au fond des trous.

Alors Aoki comprit pourquoi depuis plusieurs jours il ne trouvait plus d'eau. La terre avait avalé l'eau, et en même temps toutes les ressources des hommes. Les contraignant à l'exil. Depuis longtemps, ici, la pluie n'avait abreuvé la terre. La guerre qui avait fauché ceux qui n'avaient pu fuir. Cette guerre était une guerre de l'eau. Il en eut la preuve en parcourant le lit depuis longtemps asséché d'un canal dont il ne restait plus que quelques morceaux de béton et de pierre. Et lorsqu'il vit la gigantesque muraille d'un barrage qui ne s'ouvrait plus que sur le désert, il comprit que l'eau avait été le formidable enjeu d'une guerre où seul n'avait plus coulé que le sang.

Aoki réalisa que pour lui aussi l'eau était vitale et que ses dernières provisions étaient épuisées. Il se souvint de sa première expérience dans le désert et se promit que la soif ne le tuerait pas. Avoir survécu à Irina lui avait donné cet étrange sentiment qu'Ananda nommait le destin. Et lorsqu'il s'en ouvrit à sa jeune épouse, elle répondit, après avoir longuement réfléchi.

Je n'ai pas la solution, Aoki. Mais je sais qu'elle est en toi. Tu as déjà trouvé plusieurs fois tant de réponses en les cherchant au fond de toi. L'eau n'a pas disparu. Elle a seulement changé de forme. Cherche-la dans l'air que tu respires…

Cette nuit-là, le jeune homme ne dormit pas. Et c'est lorsqu'il sentit que la chaleur s'était dissipée avec le jour finissant que la réponse frôla son esprit. L'air… le froid… Il lui suffisait de condenser l'humidité contenue dans l'atmosphère pour la récupérer sous forme liquide. Il suffisait… mais comment ? Pour condenser l'humidité en eau, il fallait refroidir l'air. Aoki huma l'air ambiant. Il en ressentait une infime humidité, certes, mais la fraîcheur de la nuit était insuffisante pour la liquéfier. Même au petit matin, nulle rosée dans ce désert. Alors il réfléchit encore. Si le froid n'était pas assez intense, il fallait le créer. Quelle énergie était capable de produire du froid ? Quelle énergie était la plus puissante qu'il put utiliser ? Quelle énergie était celle dont il pouvait accumuler et transmettre la puissance ?

À force de penser, l'homme solitaire trouva la réponse. L'homme solitaire était capable de produire lui-même de l'eau. Sous forme de sueur. L'eau sourdait d'un corps pour le rafraîchir sous l'ardence de la chaleur. Sous la chaleur du Soleil. L'équilibre… La réponse était là. Il fallait de la chaleur pour produire du froid, comme il faut de la lumière pour refléter l'ombre. Il suffisait… de transmettre la chaleur pour obtenir du froid ! Il suffisait d'évacuer la chaleur pour que le froid prenne sa place ! Alors Aoki réfléchit encore… Il avait la source de chaleur, le Soleil, et il savait l'absorber. Comment la restituer pour être le fluide qui transmettrait le froid ? Lui seul pouvait être le fluide. À condition qu'il restitue la chaleur et devienne lui-même le froid. Alors il retourna en lui-même et transmit l'ordre de rejeter l'énergie. Cela prit un long moment car il n'avait que l'habitude d'absorber. Son corps comprit l'information et trouva.

Au petit matin, épuisé, frissonnant, Aoki recueillit l'eau de l'air. Dans ses larges mains crasseuses, l'eau s'était condensée en fines gouttes noirâtres. Et puis le phénomène étrange s'accentua. Il put bientôt se laver les mains avec l'air, puis faire de ses mains une coupe où il recueillit un liquide de plus en plus clair, qu'il but avidement. Et puis l'eau se mit à sourdre en larges coulées qu'il répandit sur tout son corps. Longtemps après, rompu de fatigue mais empli d'une profonde joie, il se tint bras tendus, mains ouvertes, douché par une eau limpide et fraîche...

Nu et trempé de l'eau bienfaisante, il s'allongea et ferma les yeux, offrant son corps à l'énergie inépuisable du Soleil. Il s'endormit ainsi, serein, avec la pensée qu'Ananda savait qu'il avait percé un secret qui pourrait bien changer le sort de l'homme sur cette terre aride.

Il se réveilla lorsque le Soleil eut atteint son zénith et avant que la chaleur devienne trop forte pour le sommeil. Se leva avec une joie nouvelle, conscient que désormais il pourrait se nourrir d'air et de lumière. Se sentait merveilleusement bien, gonflé d'une énergie nouvelle, insensible à la peur, à la souffrance et au malheur. Ses blessures étaient parfaitement guéries. Il jeta le flacon d'Ambz'aïd presque vide et désormais inutile. Il remit les quelques hardes de la veille, après les avoir lavées avec l'eau fraîche qu'il tirait à présent de l'air à travers son corps régénéré. Puis il reprit la route.

Les jours suivants, il marcha sans connaître la soif et ressentit que l'humidité était plus intense dans l'air. La sécheresse était moins rude et la végétation sauvage reprenait peu à peu possession de la terre.

Il retrouva les traces de l'homme. Des habitats et des plantations. Des animaux sauvages et des animaux domestiques. Il ne se méfiait plus, à présent, et se laissait voir sans se dissimuler. Ce qui n'était qu'indices épars devint bientôt sinon une civilisation, du moins une tentative pour la recréer. Les réfugiés qui avaient fui la sécheresse et la chaleur infernale avaient récupéré tous les matériaux possibles pour se fabriquer un toit : plaques de métal antique arrachées aux ruines, planches de bois parfois noircies par le feu, segments de plastisol fatigué par les éléments. Des briques faites de plastisol récupéré et aux couleurs chatoyantes clôturaient chaque habitat. Tout cela formait des cités, villes ou villages de bric et de broc. Entre chaque village, le désert reprenait ses droits et limitait les déplacements des hommes.

Des bidonvilles…

Aoki connaissait ce nom par Ananda, lorsqu'elle lui avait décrit les cités misérables qu'elle avait traversées lors de la Grande Pandémie. Elle lui avait décrit l'inlassable volonté de survivre de ceux qui n'avaient rien. Rien que la force de construire et de reconstruire encore, même lorsque les gouvernants tentaient de raser et repousser toujours plus loin les miséreux. Certains avaient fui encore plus loin mais d'autres étaient restés, s'accrochant au sol poussiéreux d'où ils tentaient de tirer une maigre subsistance. Pourtant, ces petites agglomérations ne ressemblaient pas aux cités de réfugiés, comme celle d'Irina. La géométrie des rues en était différente, elle n'était pas calculée pour faciliter la tâche des chiens de garde de la Fraternité Noire mais pour favoriser la communication et l'entraide. L'espace n'y était pas soigneusement délimité par des angles droits mais ouvrait les habitats sur de petits espaces cultivés avec soin. La misère y était la même, mais joyeuse et moins désespérée. Les enfants n'étaient pas laissés à l'abandon, mais jouaient à imiter les grands. La nourriture n'était pas larguée des bennes des camions mais gagnée quotidiennement et soigneusement consommée. Les habitats étaient pauvres mais entretenus, chaque matière était entièrement réutilisée ou recyclée.

Ces hommes sont libres… Comme la tribu des Hommes rouges, ils se sont affranchis de la servitude et ont recréé leur existence.

Aoki pressentit que partout dans le monde devaient vivre de petites communautés semblables dans leur fonctionnement et que la domination des Prêtres Noirs n'était pas inexorable. Et si les misérables hères d'une arène avaient pu se révolter jusqu'à la mort, des hommes libres seraient tout aussi capables de détruire cette domination. Il fallait cependant un chef de meute, celui qui serait capable de lever une armée plus puissante encore que celles des Prêtres. L'ancien gladiateur se demandait s'il serait celui-ci. Lui avait choisi de ne plus donner la mort. Embrassant un destin où il lui était donné de résister, bras tendus, mains ouvertes, et de montrer le chemin. Mais qui prendrait la tête de l'armée ?

Ananda lui rappelait chaque soir sa vision de la grande chose noire et brillante. Et il ne doutait pas de la trouver. Il ne se demandait plus ce qu'elle serait ni à quoi elle servirait. Et à qui. Il se contentait de faire confiance à l'intuition de son épouse et à son propre instinct. Et lorsqu'un matin, il vit un nuage de poussière se déplacer dans le désert, il sut qu'il approchait enfin de son but.

Il s'immobilisa et écouta ses sens amplifiés. Un bruit léger accompagnait le phénomène de poussière et s'accroissait à mesure qu'il se dirigeait vers Aoki. Car il se dirigeait délibérément vers lui. Il sentait aussi l'énergie solaire animer ce phénomène nouveau et il se demanda quel autre être pouvait comme lui en absorber la puissance. Et puis ses yeux découvrirent ce qui se dissimulait sous le nuage de poussière soulevé par la vitesse. C'était un véhicule mu par la soler. Ici ? En plein désert ? Pourtant son instinct ne l'avertissait d'aucun danger. Ce n'était pas un véhicule de la Fraternité. Il n'en portait d'ailleurs pas l'emblème.

Le véhicule du désert s'immobilisa enfin devant Aoki. Il était gigantesque. L'homme solitaire crut reconnaître la coque d'un bateau, comme ceux qu'il avait vus depuis la chaloupe de Madara. Mais c'était un vaisseau qui reposait sur des chenilles articulées et suffisamment larges pour que l'engin ne s'enfonce pas dans l'épaisse couche de poussière du sol. La coque semblait insensible aux assauts des tempêtes de sable. Aoki y sentit une importante masse d'eau dans les soutes. Et comme il voyait clairement sous la coque un système de forage, il pressentit que le véhicule était utilisé pour fertiliser le désert… Au-dessus du pont, une verrière dissimulait les passagers. Et lorsqu'elle s'ouvrit, une femme brune en descendit souplement. Elle était longue et mince, les traits sculptés par le vent du désert, et malgré sa cinquantaine d'années,

Aoki perçut qu'elle était de la même ethnie qu'Ananda. Et quand elle s'adressa à lui, elle utilisa la langue que Kagi lui avait apprise :

— Je suis Neela, femme libre du désert. Et chef des Kimagure.

15 – *La cité du Skoron*

« Sois un guerrier dans ton jardin,
plutôt qu'un jardinier sur le champ de bataille. »
(Livre de Choden)

Aoki était monté dans le vaisseau des sables à la suite de Neela. Deux Kimagure étaient assis aux commandes ; ils le saluèrent avec retenue. Tous parlaient le Kanji. Aoki se souvint avec méfiance qu'ils avaient dû avoir des liens étroits avec la Fraternité Noire, avant qu'elle ne les pourchasse. Ils n'étaient pas de la même ethnie que Neela, leur peau était plutôt pâle et les yeux clairs. Une foule de questions se mêlaient dans la tête du voyageur errant, mais il attendait patiemment les réponses qu'on lui donnerait. Ou qu'il trouverait lui-même. La première de ses interrogations était Neela elle-même.

N'aie crainte, Aoki. Neela est une femme sincère et courageuse. Je l'ai vue en rêve cette nuit. Fais-lui confiance. Et mérite la sienne.

Aoki remercia mentalement Ananda et commença à observer de tous ses yeux. Le vaisseau du désert avait rebroussé chemin et le paysage changeait rapidement avec la rapide progression du véhicule. Les terres arides se couvraient peu à peu de petits arbres plantés au centre d'un cocon dont Aoki devinait qu'il était empli d'eau. Mais d'où pouvait-elle provenir ? Et les arbres devenaient insensiblement plus nombreux, plus robustes, plus vieux. Au sol, une maigre végétation sauvage reprenait ses droits. Bientôt, ce furent les premières cultures qui apparurent. Elles semblaient cultivées sur des billes d'argile, irriguées par de l'eau provenant de bassins où Aoki croyait deviner des poissons d'élevage. Il devina que leurs déjections devaient assurer la fertilisation des plants. Certaines prenaient racine sur des îles artificielles de boue humide. Le jeune homme reconnaissait certaines plantes, mais d'autres lui étaient parfaitement inconnues.

D'autres vaisseaux du désert semblables à celui où il se trouvait se déplaçaient entre les champs cultivés. Certains, plus petits, semblaient ne s'occuper que des bassins vides de poissons pour traiter l'eau et la rendre potable. D'étranges constructions aux mâts couverts d'ailes en mouvement semblaient approvisionner ces bassins. Aoki reconnut des éoliennes. L'eau était ensuite acheminée par des canaux passant par de faibles pentes constituées artificiellement, qui s'en allaient irriguer les cultures. Pour la première fois depuis qu'ils avaient pénétré dans le vaisseau, Neela reprit la parole :

— Ces éoliennes nous servent à recueillir l'eau de l'atmosphère.

— Par condensation…

— Je vois que tu comprends vite. En revanche, tu n'es pas très bavard. Puis-je connaître ton nom ?

Aoki le lui dit et raconta brièvement qu'il venait de l'arène d'Irina où il avait échappé de peu à la mort. Encore méfiant, il ne parla que d'Ambz'aïd. Neela s'exclama, d'une voix sèche :

— Les Sauveurs ! Des charlatans, doublés de bourreaux… Nous, Kimagure, sommes des scientifiques, et notre médecine ne sert pas qu'à trier les agonisants, elle nous autorise à soigner tous ceux qui en ont besoin, sans exception.

— Les seuls Kimagure que j'ai vus ont essayé de me tuer, sur l'aéroport d'une cité zan…

— C'est le Grand Prêtre que nous visions, pas toi. Nous savions ta présence et voulions te libérer. Madara est parmi les plus dangereux de cette bande terroriste de la Fraternité Noire. Lorsque nous avons compris quels étaient leurs buts, nous avons cessé toute coopération avec eux. Depuis ils nous pourchassent, essaient de nous détruire. Et nous, nous traquons aussi leurs chefs ! Nos washis ont la vue perçante, ils n'auraient tué que Madara ! Les Prêtres Noirs se doutent que nous les surveillons de près… Tout comme ils aimeraient connaître les lieux que nous tenons secrets. Quant à toi, je sais que je peux te faire confiance. Nous t'attendons depuis longtemps… Et j'ai eu une vision cette nuit…

Aoki eut un léger sourire. Neela s'en aperçut et éclata de rire.

— Tu es donc bien celui que j'attendais ! Ananda m'a parlé de toi dans mon rêve…

— Ananda ?

— Oui… J'ai beau être une scientifique et mépriser les délires mystiques des Frères, j'ai appris à suivre mes intuitions et mes rêves. Une cheffe doit voir plus loin que les autres. Viser la Lune pour atteindre les étoiles…

Aoki médita ces dernières paroles et attendit que Neela reprenne la parole :

— Ananda m'a contactée en esprit il y a déjà quelques jours, et j'ai été très surprise. Et puis je me suis habituée à ce phénomène étrange, cette sorte de télépathie. Mais c'est malheureusement à sens unique, je ne peux que recevoir. Ton épouse m'a appris qu'elle venait du même pays que moi, autrefois. Mais nous n'avons pas eu le même destin, elle et moi. Je suis née peu avant le début de ce siècle, et j'ai grandi dans une famille qui m'a permis d'étudier. Très tôt, j'ai pris des responsabilités dans ma cité, et j'en suis devenue très jeune la cheffe. C'était au début du déclenchement de la Grande Pandémie par les Frères Noirs. La région où je vivais était plutôt préservée, les femmes y étaient respectées, et cela m'a encouragée à avancer dans mes études et dans ma carrière. La Grande Pandémie m'a montré dans quel dénuement on laissait vivre et mourir ceux qui étaient abandonnés par nos dirigeants. Et puis, devant l'avancée de la chaleur et de la sécheresse, j'ai dû fuir à mon tour, comme les parents d'Ananda.

Aoki écoutait attentivement, et le monde prenait place dans sa cartographie mentale, le monde et les événements qui l'avaient fait. Il observait en même temps le paysage qui changeait encore. Les habitats se mêlaient à présent aux cultures. Ils se groupaient en lignes de quelques foyers, pour échapper au vent sec du désert, et rappelaient au voyageur les cocons de guêpes qu'il avait vus au cours de son errance. Il en devinait le matériau, de la terre crue, comme les petites maisons qu'il avait croisées voici plusieurs semaines. Elles étaient toutes identiques, en revanche, la science des Kimagure avait permis d'en construire plusieurs centaines. Quant aux tourelles qui surplombaient chacune d'elles, il devina qu'elles servaient d'attrape-vent, afin de rafraîchir l'intérieur. Aoki se connaissait à présent tout à la fois fils du soleil et fils du vent. L'équilibre entre la lumière et l'eau...

— Nous testons encore de nouvelles constructions, et nous multiplions les expériences sur des matériaux nouveaux. Nous voulons parvenir à des habitats autonomes et résistants aux aléas climatiques. Notre cité principale est déjà autonome. Nous avons réutilisé d'anciennes canalisations pour acheminer l'eau et remplir les antiques citernes de pierre. Nous pouvons ainsi cultiver pour nous nourrir et faire des provisions en cas de conflit et de siège.

Aoki devinait que lui aussi était testé... Neela avait un but en tête et semblait ne vouloir le dévoiler que par bribes. Comme si le jeune homme devait s'habituer à découvrir une énorme surprise.

— Nous testons aussi des plantes pour leurs capacités à soigner la terre. Le chanvre, le tournesol, la moutarde ou l'amarante nous servent à décontaminer les sols pollués par l'industrie ou la radioactivité. Le chanvre est une plante merveilleuse, excellente pour soigner le corps humain. Il nous sert également à fabriquer des matériaux destinés à remplacer le plastisol. Il est facilement cultivable et nécessite très peu d'eau, pousse très rapidement et prépare la terre à d'autres cultures. Je ne te donne pas de détails, je ne suis qu'une modeste mathématicienne !

Le jeune homme observait et réfléchissait. La science des Kimagure lui paraissait bonne, même si elle avait permis des inventions destructrices.

— Vois cet arbre. C'est un paulownia. Il a une croissance remarquable, même sous le soleil. Il filtre naturellement les eaux usées et absorbe par ses larges feuilles de grandes quantités de ce gaz dont on a besoin pour la fabrication de la soler. Mais qui est présent en trop grande quantité dans l'air.

— Un gaz ?

— Du CO_2, aussi appelé dioxyde de carbone. Nous avons dans le monde plusieurs sites de captage de ce gaz. De grands ventilateurs aspirent l'air dans un collecteur muni d'un matériau filtrant. Une fois qu'il est rempli de CO_2, le collecteur est fermé et la température augmente pour libérer le gaz du filtre. Après quoi, il est recueilli sous une forme très concentrée. Le CO_2 est ensuite mélangé à l'eau, avant d'être injecté à grande profondeur dans de la roche basaltique, où il est pétrifié. Cette roche sert ensuite de carburant pour la soler.

— Il faut donc beaucoup d'eau ?

Aoki n'avait pu s'empêcher de poser la question. La Guerre de l'eau était encore très proche, d'où provenait le précieux liquide ? La condensation de l'air était insuffisante pour produire de grandes quantités d'eau, il le savait par expérience, lui qui devait renouveler plusieurs fois chaque jour son rituel de purification. Neela le regarda de nouveau en souriant. Cet errant à l'étrange apparence recelait une culture certaine et de grandes capacités de réflexion. Son instinct l'amenait facilement à l'essentiel...

— Les Kimagure ont trouvé de vastes réserves d'eau souterraine sur ce continent desséché depuis longtemps. Celui dont est originaire ton Sauveur. De grandes couches de roches sont saturées d'eau depuis des millénaires. L'eau de pluie s'est écoulée puis infiltrée lentement à travers le sable et la roche. Stoppée par une couche imperméable, elle s'est alors mise à remplir petit à petit les moindres recoins du sous-sol, formant ainsi des réservoirs naturels. Si d'autres avant nous avaient pris la peine de forer, on n'aurait pas épuisé les couches superficielles, et la famine n'aurait pas provoqué les déplacements de réfugiés. Au lieu de cela, la construction de barrages a provoqué des conflits locaux qui ont dégénéré en guerre... Cette eau se renouvellera dès que le climat aura de nouveau changé, mais en attendant que la pluie retombe à nouveau, il faut préserver cette richesse et l'utiliser à bon escient. Nos forages sont secrets, et bien gardés !

Le jeune homme admira la ténacité de ces gens, décidés à résister aux ardeurs mortelles des Prêtres Noirs. Mais plus il voyait leurs réalisations, plus il se demandait quel était leur but. Et quelle était sa place dans leurs plans.

Et puis son regard distingua un élément singulier dans ce paysage plat. Une plaque rocheuse se découpait peu à peu sur l'horizon. Et plus le véhicule avançait, plus ce caprice du relief grossissait et prenait des proportions gigantesques. Bientôt le plateau rocheux se confondit avec le ciel et Aoki comprit qu'il était leur destination. C'était un vaste socle de granit et de calcaire brillant d'éclats durs sous le soleil de la chaude journée. De forme vaguement triangulaire, il était flanqué de murailles infranchissables.

— Masada !

La voix de Neela avait retenti dans la cabine, empreinte d'un peu d'émotion. Le voyage s'achevait enfin, et Aoki connut qu'il aurait enfin toutes les réponses à ses questions. Comme pour lui donner raison, le véhicule du désert stoppa au bas des falaises. Le petit groupe sortit et Aoki put en contempler l'impressionnante hauteur. De près, il voyait clairement d'antiques traces des hommes. Ils y avaient creusé des marches, établi des fortifications de pierre depuis longtemps effondrées et une imposante rampe de pierre dont l'accès avait été finalement interdit par des tirs de canons soler. Une ombre descendit du haut de la mesa, et une petite chaloupe se posa doucement près d'eux.

Quelques secondes plus tard, Aoki et ses trois compagnons posaient le pied sur le sol perché au-dessus du désert. Le vent chaud soufflait en rafales brusques et ébouriffait les longs cheveux noirs de Neela. La vue était exceptionnelle. Aoki ne se souvenait pas d'avoir vu quelque chose d'aussi grandiose depuis qu'il avait contemplé les étoiles en compagnie de Madara. Lorsqu'il baissa finalement les yeux, il eut la surprise de découvrir que le sol n'était pas de pierre, mais de solamétal. Il brillait de son éclat argenté sur plusieurs arènes. C'était une quantité effarante qui avait été déposée là pour remplacer le sol de pierre ! Que de puissance des Kimagure pour fabriquer autant de métal précieux… Neela expliqua, à travers les volutes bruyantes du vent :

— Le solamétal ne sert pas qu'à fabriquer des armes, Aoki et nous avons le secret de sa fabrication industrielle. La civilisation s'est effondrée au moment où les minéraux rares qu'elle utilisait pour son confort se sont épuisés, en même temps que les énergies fossiles dont elle dépendait. Elle n'a fait qu'extraire du sol une quantité équivalente à celle de la faune et de la flore. S'étonnant de la disparition des arbres et des animaux. Même l'énergie classée maudite par la Fraternité Noire et que beaucoup croyaient gratuite et illimitée dépendait de gisements qui n'étaient pas inépuisables. Les plus fous croyaient qu'ils pourraient trouver une solution en cherchant de nouvelles technologies et en raclant les fonds sous-marins. Et lorsque l'océan a été dévasté, ils se sont penchés sur de Nouveaux Mondes, expédiant des engins à travers les étoiles. Les précurseurs de la Fraternité Noire s'étaient spécialisés dans l'extraction minière, sans se préoccuper des désastres environnementaux soigneusement cachés. Et les terres sacrées, comme cette forteresse, ces ponts d'accès entre le ciel et la terre, ont été profanées pour la première fois depuis des millénaires. La Grande Guerre était le résultat de ces tensions sur toutes les ressources. Les précurseurs des Prêtres Noirs avaient accaparé les sources d'énergie et les approvisionnements en nourriture. Lorsque l'épuisement des ressources a été insupportable, le conflit est devenu mondial.

La voix de Neela se teintait de colère.

— Les hommes vivaient sur une terre exceptionnelle qui pouvait les nourrir pendant encore des siècles. Mais les plus rapaces d'entre eux ont conditionné une minorité à consommer aveuglément, insensible aux souffrances de la faune, de la flore et de la grande masse des hommes. Les animaux ou les plantes génétiquement modifiés, les océans étouffés par le plastique, les mensonges pour dissimuler les ravages des poisons, les maladies provoquées par les rayonnements, les épidémies et les famines, les conflits et les déplacements massifs, et pour finir le réchauffement général de l'atmosphère, tout cela était évitable ! Mais l'Humanité n'a pas voulu voir et s'est laissée berner par les marchands de mort !

La voix se tut un instant, laissant place au hurlement du vent. Aoki ne s'étonnait pas qu'une telle femme fût devenue la cheffe des Kimagure. Elle avait la lucidité et le courage, la force et l'audace. Mais lui ? Qui était-il, enfin ? Pourquoi ce long voyage l'avait-il amené sur cette plateforme de solamétal isolée au milieu du désert ? Neela reprit, et sa voix vibrait maintenant de passion, et non plus de colère.

— Alors nous, Kimagure, avons regardé les choses différemment. Nous avons choisi de nous servir de l'effondrement. Pour reconstruire d'une manière qui respecte la terre. Nous avons choisi la source même du malheur comme matériau principal de la solution. Tu te souviens du CO_2, ce gaz carbonique dont je t'ai parlé ? La civilisation industrielle l'a produit en quantité si énorme qu'il a empoisonné l'atmosphère. Eh bien nous, nous l'avons capté, ce gaz, ce qui était plutôt facile. Et puis nous avons utilisé l'énergie du soleil pour la concentrer grâce à un arc électrique sur notre source gazeuse. Nous l'avons transportée en solution liquide jusqu'à un four. Et nous y avons ajouté la seule source minérale pratiquement inépuisable dans l'univers. Le fer. Et ce précurseur métallique combiné à la solution liquide chauffée à très haute température nous a permis de dissoudre le carbone dans le fer. Le fluide produit a été soumis à un choc thermique très important, pour que le froid le transforme en métal liquide. Et ce métal liquide a ensuite été progressivement réchauffé pour pouvoir l'usiner en plaques métalliques de toutes les formes dont nous avions besoin. Notre solamétal est le métal le plus dur et le plus résistant à toutes les formes d'oxydation. Suffisamment malléable à la bonne température pour le plier et le déformer sans le briser. Nous permettant de le fabriquer en quantité suffisamment importante pour produire n'importe quel objet en n'importe quelle taille. Et en n'importe quelle quantité désirée…

La voix de Neela s'affaiblissait. La femme brune semblait épuisée par l'effort qu'elle venait d'accomplir pour convaincre Aoki. Car, oui, elle devait le convaincre. Le choc devait être si fort qu'il emporterait l'adhésion de l'ancien gladiateur. Sans lui, tout était perdu. Il était le seul être vivant sur la Terre à pouvoir la sauver des noirs desseins des Frères. Elle reprit, forte et faible à la fois, et le vent s'apaisa un instant pour recueillir ses paroles.

— Vois, Aoki ! Nous l'avons construit pour toi, pour que tu le conduises jusqu'aux étoiles !

Elle tourna la tête, et Aoki répondit à son invitation. La vaste plateforme de solamétal se mit à vibrer doucement et une partie du sol se déroba sous leurs pieds. La structure de roche apparut peu à peu, cependant que la plateforme descendait doucement. Elle se mouvait en silence à l'intérieur de la mesa, puis s'arrêta en un mouvement souple. La vaste salle souterraine qui les attendait grouillait de techniciens, de lueurs colorées, et de voyants qui clignotaient. Mais ce n'était pas cela qui attirait l'œil du gladiateur d'Irina. Non, c'était la grande chose noire et brillante qui trônait au centre de la salle, monstre majestueux et immobile, sûr de sa force et de sa beauté.

— Vois, Aoki ! Notre réalisation ultime… Le Skoron !

Aoki eut un léger vertige. Il venait de comprendre. Tout, en un seul instant, dans la seule vision de ce qu'Ananda lui avait demandé de chercher, au bout d'une quête qui lui avait coûté tant de souffrances et de découvertes… La grande chose noire et brillante, le vimana des temps anciens dont Choden l'avait instruit, le chariot céleste mû par le soleil, piloté par le dieu-singe Hanuman, fils du dieu du vent, dont Ananda lui avait suggéré qu'il était la réincarnation.

Le Skoron, masse de solamétal inexpugnable et invincible, c'était le vaisseau de l'espace que l'on demandait à Aoki de piloter jusqu'aux étoiles !

16 – L'horreur du Kwanliso

« Tu n'entends pas la vérité,
seulement ce que tu as envie d'entendre. »
(Livre de Choden)

Aoki était encore sous le coup de l'incroyable révélation. Ainsi, il avait trouvé ce qu'il cherchait depuis de longs mois d'errance sous l'intuition d'Ananda, il découvrait que Choden lui-même l'avait préparé à ce choc, et que les Kimagure le pistaient tout autant que la Fraternité Noire…

Et moi ? Quelle est ma liberté dans tout ça ?

Le jeune homme ne pouvait détacher ses yeux du grand vaisseau des étoiles. Mais ne pouvait s'empêcher en même temps de se sentir floué, manipulé, trompé. Il avait marché si longtemps, survécu à tant de situations extraordinaires, avait si longtemps côtoyé la mort et s'y être à chaque fois résigné, il se sentait si las sous le poids de toutes ces révélations qu'il n'avait plus qu'une seule idée. S'enfuir. S'enfuir de ce monde galvaudé et épuisé. Retrouver sa liberté et Ananda. Goûter la douceur de vivre et élever les deux enfants qu'il avait engendrés.

Ce n'est pas ce que je vois, mon amour, malheureusement. Pas encore… Je suis aussi surprise que toi devant ce grand vaisseau noir. Je ne peux entrevoir l'avenir que sous forme d'images, et les images sont parfois trompeuses. Mais garde confiance, ton destin n'est pas écrit, il est entre tes mains. Il sera le résultat de tous tes choix, et pas de celui des autres…

Aoki retrouva peu à peu son calme. Neela continuait ses explications, et il se rendit compte qu'il ne l'écoutait plus depuis longtemps. Il l'interrompit.

— Comment suis-je censé piloter cette chose ?

La cheffe fut un instant désarçonnée. Et puis elle reprit ses explications :

— Pardonne-moi, Aoki, j'aurais dû me souvenir que tout cela est nouveau pour toi. Mais le temps presse. De la même manière qu'Ananda a pu t'aider à piloter la chaloupe pour vous enfuir, de même le Skoron t'apprendra lui-même à l'utiliser. Il dispose d'un cerveau électronique qui va dialoguer avec toi. C'est le concepteur du vaisseau, Oleg Skoron, qui l'a créé à partir de son propre cerveau. Un Kimagure parmi les plus brillants, malheureusement tombé sous les coups d'un Prêtre Noir. Il n'avait pas ta résistance…

Le temps pressait. Pourquoi ?

— Et où suis-je censé partir ?

Neela sourit.

— Tu ne parles que peu, mais tu poses les bonnes questions. C'est ce qui t'a permis d'arriver jusqu'à nous, plus que nos manigances, sans doute ! Je t'ai donné la réponse tout à l'heure. Nous visons la Lune pour atteindre les étoiles… Les Prêtres Noirs nous retrouveront un jour. Il nous faut mettre le prototype à l'abri. Sur la Lune.

— Le prototype ?

— Le Skoron est le premier de sa génération. Notre intention est d'en construire d'autres et de retrouver les Exilés. Voilà pourquoi nous avons commencé à construire une base sur la face cachée de la Lune. Notre satellite naturel est encore trop loin pour ces agoraphobes de Prêtres Noirs. Ils ne viendront pas nous y chercher et ne pourront non plus nous détecter. La face cachée est montagneuse et accidentée, parsemée de cratères, alors que la face visible offre de nombreuses surfaces planes pour se poser. Cela fait longtemps que nous nous sommes posés sur la Lune. Et nous y avons trouvé un site idéal pour y construire nos installations. Lorsque la base sera terminée, nous pourrons construire d'autres exemplaires du Skoron, et les envoyer vers les mondes dont les Exilés doivent se servir pour s'approvisionner en sources d'énergie. Notre premier objectif est un astéroïde nommé Masada...

— Mais comment pourrez-vous construire d'autres engins tels que celui-là, et avec quoi fabriquerez-vous le carburant nécessaire à d'aussi longs voyages ?

— Sais-tu comment sont fabriqués les cubes de plastisol où les Prêtres entassent les réfugiés ? Non, évidemment. Par un procédé d'impression en trois dimensions. Le plastisol lui aussi est notre invention, à partir du dioxyde de carbone capturé dans l'atmosphère terrestre puis réduit sous forme de polymère. Il nous servira à construire la base. Nous avons perfectionné ce procédé d'impression et sommes capables de répliquer n'importe quelle pièce du Skoron avant de les assembler. Quant au carburant, nous le fabriquerons sur place. De la même manière que nous recueillons le CO_2, nous recueillerons les roches et les poussières lunaires. Nous le faisons déjà sur Terre, en récupérant le régolithe, cette couche superficielle du sol qui nous servait à fabriquer par exemple les blocs énergétiques de ta ceinture d'énergie. Avant que les Frères ne nous en volent le secret dans les centres de fabrication qu'ils ont investis par la force. Ces blocs ne sont autres que du régolithe dans laquelle nous avons solidifié de la soler. Ils sont énergisés et magnétisés grâce à l'eau, l'air et le dioxyde de carbone. Et lorsqu'ils sont épuisés, il suffit de les recharger en les exposant au rayonnement du Soleil. Sur la Lune, le régolithe est présent sur une couche beaucoup plus épaisse, et il est naturellement magnétisé. Nous pourrons ainsi fabriquer de gros blocs énergétiques pour assurer le fonctionnement des vaisseaux. Il suffira ensuite d'exposer ces blocs régulièrement à l'énergie solaire.

— Soler ?

— Oui, la soler, la *sol energy*... De plus nous pourrons extraire l'eau et l'oxygène qui nous seront nécessaires du même régolithe.

Aoki était de plus en plus impressionné. Jamais il n'aurait imaginé, lorsqu'il contemplait la Lune du sol poussiéreux de l'arène ou du sable froid du désert, qu'il lui serait proposé d'y voyager... Il ne savait pas encore s'il l'accepterait. Que deviendraient Ananda, ses enfants, et le reste de l'Humanité ?

— Et que comptez-vous faire pour ceux qui resteront sur Terre ?

La cheffe eut un hochement de tête.

— Ne te méprends pas, Aoki. Nous te demandons un sacrifice, parce que nous nous sacrifions également. L'Humanité va à sa perte, sur cette Terre. Pas seulement à cause de la fournaise dans laquelle elle vit. Pas seulement parce que la Fraternité Noire y étend son emprise. Mais aussi parce que l'Humanité s'éteint d'elle-même. Le taux de naissance était déjà dramatiquement bas, il sera bientôt insuffisant pour assurer le renouvellement de l'espèce humaine. Elle ne s'adapte plus. Lorsque les derniers vieillards seront morts, l'Humanité disparaîtra.

Aoki n'était pas sûr de ce constat vertigineux. Ceux qu'il avait croisés étaient majoritairement des malheureux, incapables de se perpétuer, mais beaucoup vivaient encore d'une vie joyeuse et pleine d'espoir, comme la tribu des Hommes rouges dans laquelle était né son fils. Comme il ne répondait pas, Neela poursuivit encore.

— Des expériences dans l'espace ont montré que des organismes se transformaient et mutaient pour s'adapter à des conditions de vie extraterrestre et résister aux radiations cosmiques. D'autres organismes envoyés amputés dans l'espace ont vu leur corps se régénérer et devenir plus fort. T'imagines-tu ce que l'espace pourrait apporter à un mutant tel que toi ?

Le jeune homme n'était pas certain d'avoir envie de le savoir. Mais il constatait que les Kimagure en savaient beaucoup sur lui. Plus peut-être encore que les Prêtres Noirs. Il répéta sa question.

— Et pour ceux qui resteront sur Terre ?

— J'y viens, Aoki. Nous ne serons qu'une poignée à partir. Le plus grand nombre d'entre nous restera sur Terre. La quantité de dioxyde de carbone libéré par la fonte des terres glacées nous assurera de pouvoir produire de la soler pour longtemps encore. Nous avons bien l'intention de faire tout notre possible pour que les hommes puissent revivre sur Terre lorsqu'elle sera débarrassée des tous ses maux. Nous avons placé dans les soutes du Skoron un échantillon de toutes les semences végétales qui ont été préservées, auxquelles nous joindrons des exemplaires de spores, de spermatozoïdes et d'œufs…

— Et de sperme humain ?

— Oui, Aoki. Un échantillon le plus varié possible. Y compris du tien, si tu l'acceptes.

Cette fois, ce fut au tour du jeune homme de hocher la tête.

— Et notre arche spatiale sera construite sur la Lune, dans un réseau de tunnels de lave souterrains où les semences seront protégées par le froid de toutes les catastrophes qui pourraient les endommager sur Terre. Et lorsque les conditions de vie sur Terre le permettront, nous la régénérerons grâce à ces semences.

Aoki pensait toujours aux survivants et se demandait si ce vaste projet ambitieux et généreux ne condamnait pas tout simplement à la mort les millions d'hommes qui attendraient l'hypothétique moment où la Terre serait prête.

Neela dut deviner sa pensée, car elle ajouta :

— Nous n'abandonnons pas la Terre, Aoki. Ceux d'entre nous qui resteront travailleront à avancer ce moment. Nous construisons la plus grande centrale solaire pour produire plus de ressources. De grands miroirs concaves nous permettront de concentrer la lumière sur une haute tour centrale pour la convertir en un soleil artificiel… Ce que tu as vu en venant avec nous te montre que nous expérimentons tous les procédés possibles pour survivre et lutter contre la fournaise climatique. Le monde n'est pas condamné. D'autres changements viendront. Ils ne seront pas tous irréversibles ni désastreux. Je t'ai parlé d'un soleil artificiel, parce que la Grande Guerre a commencé par l'explosion d'un autre soleil artificiel. Un soleil d'énergie nucléaire, celui-là. L'énergie maudite par la Fraternité Noire. Plusieurs ont été construits, mais le plus grand, le plus ambitieux a provoqué une catastrophe d'une intensité inouïe ! Les Prêtres Noirs ont habilement profité de l'occasion pour déclencher la guerre. Ils ont provoqué d'autres explosions nucléaires et accusé les pays de l'autre côté de la Terre. Le Tombeau de Tokohama n'est autre que le résultat d'une arme plus terrible encore que le soleil nucléaire…

Le silence retomba lourdement. Neela laissa son interlocuteur absorber ces informations terrifiantes. Aoki n'en pouvait plus de ces informations toutes plus incroyables et sinistres. Soudain, son instinct le prévint par le picotement familier. Danger. En même temps, les techniciens qui s'affairaient dans la salle se rangèrent tous près de la masse noire du Skoron. Neela elle-même s'était figée, et paraissait écouter attentivement. Au bout d'un long moment, elle s'adressa à Aoki d'une voix blanche.

— Il est trop tard. Les Prêtres nous ont localisés. On me prévient qu'une armada de robots tueurs vient de nous attaquer. Leurs nouveaux canons électriques sont en train de percer les murailles de Masada. Ce n'est qu'une question de minutes avant qu'ils n'atteignent la salle. Nous devons absolument mettre le Skoron à l'abri de leurs griffes, ou le détruire… Il faut te décider, Aoki !

— Combien de Kimagure pourront partir dans le Skoron ?

— Une centaine, tout au plus. Et nous sommes des milliers dans la forteresse.

— Alors, prends le pilotage du Skoron, Neela. Avec tous ceux qui te sont indispensables sur la base lunaire. Votre rêve doit se concrétiser.

— Et toi, Aoki ?

— Je reste ici et je dirigerai la lutte contre les robots. Ceux de tes hommes qui pourront combattre m'appuieront. Les autres détruiront les installations pour qu'elles ne puissent servir aux Prêtres !

— Tu ne trouveras aucun combattant ici, Aoki. Les Kimagure sont des techniciens, des ingénieurs, des chercheurs. Pas de soldats.

— Je me charge de les organiser pour la résistance. Toi, sélectionne ceux qui doivent partir. C'est sans doute la tâche la plus difficile. Celle de choisir qui doit vivre. Et qui doit mourir.

Neela baissa la tête. L'ascendant d'Aoki était si fort qu'elle ne put se résoudre à discuter ses ordres. Puis son autorité et sa lucidité de cheffe revinrent, et elle reconnut que l'ancien gladiateur avait raison.

— Adieu, Aoki. Je comprends maintenant pourquoi tu agis. Je te salue, puisque tu vas mourir.

Elle inclina respectueusement la tête. Et puis elle se retourna et commença à lancer des ordres brefs. Aoki observa les manifestations de soulagement de ceux qui partaient et les cris de désespoir de ceux qui restaient.

Alors, il se souvint de l'arène. Il monta sur la plus haute plateforme de la salle et se tint debout, bras tendus, mains ouvertes, silencieux. Lentement, sans un mot, les hommes qui se savaient condamnés contemplèrent celui qui les appelait silencieusement à la lutte. Quelques-uns, une poignée, imitèrent son geste. D'autres les suivirent, plus nombreux, et bientôt toute la salle se mit à l'unisson, tendant les bras en signe de force, et ouvrant les mains pour montrer qu'ils étaient sans armes.

Le Skoron était maintenant clos. Neela et les voyageurs devaient s'occuper de la manœuvre qui ferait décoller le grand oiseau brillant. La plateforme de solamétal sur laquelle il reposait remontait silencieusement vers la surface. En même temps, le bruit des robots tueurs qui foraient le roc des falaises se fit entendre, pétrifiant de peur les hommes qui entouraient Aoki. Même le courage n'empêche pas la peur. Bientôt le Skoron s'immobilisa à la surface de Masada. Un bruit assourdissant étouffa celui des foreuses électriques, le vaisseau trembla légèrement, puis s'éleva rapidement dans les airs. L'instant d'après, il ne fut plus qu'un point noir parmi les nuages. Et puis il disparut.

Le vacarme des foreuses avait repris. Les murailles de granit tremblaient, prêtes à être brisées par la puissance soler. Les hommes attendaient anxieusement l'assaut des robots. Les bras s'étaient baissés, le courage commençait à manquer. Certains commençaient à gémir de peur et d'impuissance. Aoki, seul, demeurait imperturbable, conscient que seul son exemple empêchait encore la terreur d'anéantir les moins courageux. Et puis tombèrent les murs. Aoki sauta de son promontoire, arracha un segment de métal, puis un autre, et encore un autre, et les lança à tous ceux qui avaient compris son intention. Une petite centaine d'hommes se trouva bientôt armée, et se jeta à l'assaut des robots qui commençaient à pénétrer dans la salle.

Aoki, en tête, fracassait allègrement les machines, heureux de combattre à nouveau, sans avoir à éliminer une vie humaine. Certains de ses compagnons tapaient aussi fort, et les machines programmées pour agir aveuglément n'avaient pas l'avantage. Sauf celui du nombre. La bataille était désespérée et Aoki le pressentait. Beaucoup d'hommes tombaient, le corps transpercé, écrasé, réduit en bouillie, et plus encore fuyaient, terrifiés. Ils étaient impitoyablement pourchassés, et capturés brutalement. Bientôt seul un petit groupe continuait de résister autour d'Aoki. Les bras moulinaient avec force, et le solamétal enfonçait le solamétal. Aoki était invulnérable, magnifique, ses armes de fortune fracassaient chaque machine avec toute la force de son corps de mutant, ses yeux brillaient férocement de colère et de haine. Mais les robots tueurs affluaient en un flot intarissable et leur détermination était infatigable. Il ne resta plus que trois hommes autour du gladiateur et ils étaient épuisés. L'un d'eux, Yvan, qui était dans la cabine du vaisseau qui avait amené Aoki à la forteresse, lui jeta dans un souffle :

— Adieu, Aoki. Je vais en finir avec la vie...

— Quoi ?

— Moi et mes camarades avons ce qu'il faut... Tiens, voilà la seule solution pour échapper au Kwanliso...

Et il tendit à Aoki une petite pilule bleue. Aoki la prit, et, dans un même mouvement, Yvan et ses camarades ingurgitèrent leur pilule. L'instant d'après, ils s'effondrèrent doucement, empoisonnés. Aoki, interloqué, se figea dans son geste, et les tentacules des robots eurent tôt fait de l'immobiliser. Alors le combattant se résolut à la mort une nouvelle fois, et attendit qu'elle vienne. Elle ne vint pas, pourtant. Les robots ne tuaient plus. Aoki ferma les yeux, épuisé, vaincu, et indifférent à ce qui pourrait lui arriver. Mais qu'était ce Kwanliso, dont avait parlé Yvan ? Une voix familière retentit à ses oreilles. Aoki ouvrit les yeux.

— Aoki. De nouveau à moi. Tu aurais mieux fait de te donner la mort, comme tes compagnons.

C'était Madara. Le visage émacié du Grand Prêtre souriait sardoniquement. Près de lui, deux autres hommes se tenaient. Il reconnut Katsuo sans surprise, mais la haute stature de l'homme à la peau noire le surprit beaucoup plus. C'était Ambz'aïd, le Sauveur. Ce dernier s'adressa à lui sans passion, presque serein.

— J'ai veillé sur toi jusqu'au bout, gladiateur. Grâce au dispositif-espion caché dans le flacon. Et lorsque tu l'as jeté, j'ai continué à suivre les traces de tes pas inscrites dans le sable du désert. Et me voilà encore pour te sauver des griffes de métal des robots.

Il se tut, et Aoki regarda tour à tour les trois hommes. Il demanda à Katsuo :

— Pourquoi ne pas me tuer, cette fois ?

Ce fut Madara qui répondit :

— Un vieux proverbe dit : « Si tu hais quelqu'un, laisse-le vivre… »

Katsuo ricana un peu et tourna la tête vers les Frères Noirs qui venaient d'arriver.

— Emmenez-les au Kwanliso le plus proche !

17 – Le cercueil de métal

« Que ta main soit vide, que ton cœur soit plein,
que ton esprit voyage de l'un à l'autre. »
(Livre de Choden)

Aoki et ses compagnons d'infortune avaient été entassés par les robots dans un véhicule abandonné par les Kimagure. On les avait transportés longtemps, aveugles et entravés, dans les soutes de solamétal. Malgré son sens de l'orientation, le jeune homme avait peine à se repérer dans le désert. Au loin, il avait entendu les fracas de grosses explosions. On avait dû détruire Masada.

À présent, il n'entendait plus que les gémissements des Kimagure, une quarantaine de survivants, qui connaissaient leur sort. Kwanliso. Un des voisins d'Aoki lui avait dit ce que signifiait ce sinistre mot. « Camp de travail ». C'est là que les Frères Noirs envoyaient les prisonniers pour y fabriquer les cubes de plastisol. Ou les galettes de soreibato qui serviraient ensuite de nourriture aux réfugiés. Ils utilisaient le procédé d'impression en trois dimensions dérobé aux Kimagure.

Les conditions de travail étaient effrayantes et les conditions de vie bien pires. On y trouvait tous ceux que la Fraternité Noire avait jugé indignes de vivre autant que de mourir : voleurs, saboteurs, révoltés et plus généralement tous les déclassés qui ne vivaient pas dans les cités de réfugiés. La durée d'emprisonnement n'était en rien spécifiée, ce qui fait que l'on y mourait le plus souvent. On y mourait d'ailleurs très vite. Très souvent, la famille du détenu était incarcérée avec lui, ce qui fait que l'on y trouvait à la fois des hommes, des femmes ou des enfants. Ces derniers étaient regroupés dans des unités spéciales où on étudiait grossièrement leurs capacités ; certains pouvaient être recrutés par les Frères comme novices, mais la plupart finissaient au camp pour travailler jusqu'à leur mort. Beaucoup avaient été raflés par les Frères sur les routes pendant les migrations après la Grande Pandémie. Quant aux femmes, leur sort n'était pas plus enviable, elles étaient traitées en esclaves sexuelles par les gardiens.

Certains prétendaient aussi que les prisonniers servaient de banque d'organes pour les riches Mikenos. Parfois, les nouveaux détenus étaient soumis à de longs interrogatoires particulièrement musclés. L'usage de la torture n'était pas rare, selon que l'on veuille obliger à dénoncer des complices ou que les bourreaux prennent simplement leur bon plaisir. Il n'y avait que deux possibilités pour un détenu du Kwanliso. Se suicider ou survivre. Survivre n'était pas le plus facile, car cela impliquait de s'adapter et de renoncer à toute personnalité. Il fallait travailler vite et bien, en silence, à des rythmes effrénés qui détruisaient le corps et l'esprit. Chaque camp était une entreprise bien gérée, par la Sara pour les galettes protéinées, et la Takara pour les cubes de plastisol. La Takara gérait les pires camps de travail, ceux où l'on exploitait les mines. Les détenus n'y voyaient que rarement le jour. « Peut-être est-ce pour cela que l'emblème de la Takara est le soleil blanc », ironisait amèrement son voisin de captivité. Même les insipides galettes de soreibato n'étaient pas pour les détenus. On leur servait les déchets de la production. Les cas d'anthropophagie n'étaient pas rares, femmes et enfants étaient souvent assassinés par des hommes affamés…

Aoki eut un long frisson de dégoût, et songeait que l'arène lui semblerait un paradis à côté du Kwanliso.

Bien des heures plus tard, le véhicule s'arrêta et les prisonniers Kimagure furent débarqués sans ménagement par des policiers de la Fraternité Noire. On les dévêtit entièrement. Entravés par des chaînes, ils marchèrent difficilement. Aoki songeait que sa vie n'avait été qu'une longue captivité, brièvement éclairée par des moments de bonheur. Il se demandait ce que deviendraient ses enfants et Ananda. Il ne sentait plus sa présence mentale et un intense découragement s'ajoutait à la fatigue du désert et du combat. La chaude présence du Soleil lui redonna heureusement l'énergie dont il avait manqué dans les soutes du véhicule du désert. Les policiers parquèrent les détenus sur le sol de terre de l'entrée du camp. Aoki condensa l'air pour obtenir un peu d'eau et put soulager la soif de quelques-uns de ses compagnons. Une voix ricana derrière lui :

— Le gladiateur d'Irina est donc devenu faiseur de miracles ! Je doute que cela soit suffisant pour survivre au Kwanliso…

C'était Madara, flanqué de « Frère Tatsura »… Leurs larges yeux fendus s'étiraient un peu plus sous le soleil du désert. Pour la première fois, Aoki remarquait à quel point leur visage ressemblait à celui de Kagi. Ils devaient provenir du même pays d'origine, celui qui avait subi la catastrophe de Tokohama. Mais là s'arrêtait la comparaison, car leur taille était bien plus grande que celle du vieux maître d'armes. Vieux ? Quel âge leur donner ? Leur expérience semblait plus ancienne que leur apparence. Avaient-ils profité des organes de prisonniers ? Quels emprunts avaient-ils faits à la science des Kimagure ? Le jeune homme ignora les sarcasmes de Madara et continua à condenser l'air. Soudain, un grand bruit éclata au-dessus d'eux et tous levèrent la tête, prisonniers, gardiens et Grands Prêtres.

Un point brillant grossissait rapidement dans le ciel. Aoki se demanda un instant si le Skoron n'était pas de retour. Ce n'était pas le vaisseau des Kimagure, même s'il paraissait presque aussi imposant. C'était une chaloupe frappée du Soleil Noir de la Fraternité. Sa taille était bien plus imposante que toutes celles qu'il avait vues, et même celle de Madara semblait ridicule à côté du grand vaisseau qui s'apprêtait à atterrir. Aoki observa le Prêtre, et crut lire une lueur d'inquiétude dans les yeux fendus et attentifs. Tatsura paraissait lui aussi très agité et le Grand Inquisiteur eut un léger signe à l'intention de Madara. L'attente ne fut pas longue.

La porte d'accès de la chaloupe s'ouvrit et une escouade de Frères en sortit. Ils étaient armés et leur apparence différait subtilement de celle de tous les Frères Noirs. Ils portaient le Kumohi, mais l'insigne était entouré d'un liseré doré, comme pour marquer un grade supérieur. Une garde personnelle, conclut Aoki. Tatsura eut un mot pour le confirmer, à l'adresse de Madara :

— Les *Shi no Tenshi*[35] !

Et, comme pour confirmer l'instinct d'Aoki, un Grand Prêtre sortit à leur suite, et attendit que les deux Prêtres viennent à sa rencontre. Madara et Tatsura s'empressèrent de se jeter à genoux devant le nouveau venu. Celui-ci était d'aussi haute taille que les deux Prêtres, mais son capuchon était rejeté en arrière et son visage apparaissait en pleine lumière, ce qui lui donnait un air d'autorité plus imposant encore. Il était subtilement différent : son visage plein arborait la même couleur de peau et ses yeux fendus étaient aussi minces, mais les traits n'avaient pas les angles tranchants de ceux des deux Frères. Aoki n'avait que peu observé ce type de visage parmi les milliers qu'il avait rencontrés. Et surtout, il semblait arborer sur son front quelque chose qui ressemblait à l'Œil !

Alors il sut qui dominait ainsi les deux Prêtres. Ce ne pouvait être que l'Empereur, le chef suprême de la Ligue de la Foi…

L'attitude de soumission des deux hommes en disait long. Ils baissaient la tête, cependant que parlait l'Empereur. Aucune émotion ne se lisait sur son visage, et nul autre qu'eux n'entendait ce qu'il disait. Cela ne dura que quelques instants. Et lorsqu'il eut terminé, il attendit. Ce qui se passa ensuite, nul parmi tous les témoins ne pouvait s'y attendre : toujours à genoux, les deux Grands prêtres se dépouillèrent de leur robe noire et de leur fardeau d'équipements divers, ils se dévêtirent ensuite le haut du corps et restèrent ainsi, torse nu, agenouillés ; sur un signe de l'Empereur, deux Frères se détachèrent de la garde et tendirent un tanto de solamétal aux deux Prêtres déchus ; d'un même mouvement, Madara et Tatsura s'ouvrirent l'abdomen d'un large mouvement du tanto, puis remontèrent en diagonale, avant d'ouvrir une autre

35 – *Anges de la mort*, garde d'assassins privés de l'Empereur.

entaille qui vint croiser la première… Les viscères jaillirent, et les deux suppliciés posèrent le tanto à terre.

La douleur devait être intolérable, mais tout le temps que la vie s'écoulait de leur ventre, ils ne prononcèrent pas un mot. Sur un signe de l'Empereur, les deux Frères brandirent leur katana et d'un coup sec et rapide tranchèrent les deux têtes jusqu'à la trachée, puis achevèrent délicatement la décapitation, faisant rouler les têtes tout près des corps qui, lentement, s'affaissèrent. Le sang coula parmi les viscères, rapidement absorbé par le sol.

— Les Grands Prêtres ont été punis pour avoir désobéi. Mais ils ont gardé leur honneur jusque dans la mort. Je leur ai accordé le privilège du *Seppuku*[36] !

La voix de l'Empereur avait roulé comme un tonnerre. Aoki savait que les Prêtres disposaient d'un amplificateur vocal, mais celui du chef suprême était particulièrement perfectionné, l'effet en était dévastateur sur les gardiens et les prisonniers.

Les corps furent abandonnés au sable du désert. L'Empereur fit un nouveau signe à sa garde, et deux Frères se dirigèrent vers Aoki. Ils le firent se relever et marcher en direction du vaisseau.

Je suis entre ses mains, à présent. Cela signifie que c'est moi la cause de la disgrâce de Madara et de Tatsura. L'un pour avoir voulu m'utiliser à son profit, et l'autre pour avoir voulu m'éliminer dans l'arène. Mais qu'est-ce que je peux bien représenter pour l'Empereur ? À quoi veut-il m'utiliser ?

Les questions d'Aoki n'eurent pas de réponse. Il jeta un regard à l'Empereur mais celui-ci ne le lui rendit pas. Alors, avant de pénétrer dans la chaloupe géante, le captif se retourna vers ses compagnons de captivité. Ceux-ci le regardèrent d'un air désolé. Aoki les regretterait. Et la pensée de les laisser dans l'horreur du Kwanliso le remplit de peine. Il ne savait ce qui lui arriverait, mais cela pourrait-il être pire que le sort qui leur était réservé ? On le jeta dans un coin sombre et la chaloupe décolla vers un ailleurs inconnu.

36 – Suicide rituel, plus connu sous le nom de hara-kiri.

Le voyage fut long et le sens d'orientation d'Aoki lui apprit qu'on allait vers le Nord, plus haut encore que la latitude d'Irina. Aoki sut qu'il était emmené vers les contrées les plus froides de la planète. Lorsqu'enfin la chaloupe se fut posée, on vint le chercher et il sortit, toujours enchaîné et encadré par deux Frères. Le froid était incisif et Aoki se sentit revigoré par l'air vif. Quoiqu'entièrement nu, il se sentait bien, alors que les deux Frères grelottaient près de lui. L'Empereur était déjà dehors, impassible, enveloppé dans un manteau qui recouvrait sa robe.

Un paysage comme Aoki n'en avait jamais vu, tout d'un blanc désolé, sans végétation ni trace de vie s'offrait à ses yeux. Devant eux, une ouverture avait été percée dans le sol glacé. Une épaisse plaque de solamétal se déplaça, livrant l'accès à un escalier. Lorsque l'Empereur s'approcha du sol, des luminers se déclenchèrent instantanément. Aoki et les deux Frères descendirent à la suite. La descente était malaisée pour Aoki, dont les chevilles étaient toujours entravées. Il entendit se refermer la plaque qui masquait l'ouverture et l'on chemina sur les marches durant plusieurs minutes.

Au bout d'un temps qui lui parut infini, le groupe s'arrêta devant une nouvelle porte. L'Empereur posa sa main sur un voyant rouge et la porte s'ouvrit sans un bruit. Alors, Aoki contempla un spectacle extraordinaire, aussi lugubre qu'était grandiose la plateforme où avait reposé le Skoron. C'était immense. La salle dans laquelle ils entrèrent mesurait plusieurs arènes, tant en longueur qu'en largeur. Le plafond en était presque aussi haut, piqué d'énormes luminers qui assuraient autant l'éclairage qu'une tiède chaleur. Sur toute la surface du sol s'alignaient des rangées de sarcophages, dont la partie inférieure était de solaglass[37] blindé, à l'intérieur desquels on devinait des silhouettes humaines. Ils étaient reliés par plusieurs tuyaux à des machines placées à intervalles réguliers. Il y avait là des milliers de sarcophages et Aoki en conçut un vertige glacé.

37 – Verre très épais.

Les Frères marchèrent longtemps entre les sinistres rangées à la suite de l'Empereur, et l'on s'arrêta pour de bon devant un sarcophage vide.

Celui-là est pour moi…

Aoki connut un désespoir sans nom. Que n'aurait-il donné pour retourner au Kwanliso ! On allait l'enfermer dans ce cercueil de métal… Mort ou vivant ? Il espéra la mort. Pour la première fois, l'Empereur s'adressa à lui.

— Les Prêtres ont subi leur punition. Tu envieras leur sort lorsque tu connaîtras la tienne.

On lui laisserait donc la vie. Une vie enfermée dans une boîte reliée à de mystérieux tuyaux. Il saurait bien assez vite leur destination. L'Empereur, toujours impassible, donna l'ordre de « préparer la cellule pénitentiaire ».

Un mécanisme ouvrit le sarcophage, et les deux Frères firent installer Aoki à l'intérieur. Leurs gestes étaient moins brutaux, comme s'ils croyaient devoir ainsi adoucir le sort du condamné. Allongé, Aoki se sentit parfaitement à l'aise, n'eut été les chaînes qui l'entravaient. Comme en réponse, on le détacha, mais ses membres furent à nouveau entravés par des crochets. Il ne pouvait plus bouger. Le couvercle de solamétal fut refermé et Aoki remarqua les orifices par lesquels passeraient les tuyaux. À l'extérieur, par une paroi de glassit[38] flexible, Aoki pouvait distinctement voir l'Empereur et les deux Frères.

Alors commença la préparation. Ce fut douloureux, intensément. Et long, terriblement long. Aoki se souvint de ce qu'il avait réussi dans le Tombeau de Tokohama et fit appel à toute sa résistance pour accepter ce qui lui déchirait le corps. On le perfusait pour en dériver toutes les fonctions naturelles et pour en recycler les fluides. On pénétra sa bouche, son nez, son anus, son urètre. Des injections protégèrent son organisme des risques d'infection, de maladie et de phlébite. Un liquide gouttait lentement sur ses pupilles pour les hydrater. Il ne pourrait désormais ni bouger, ni

38 – Verre flexible.

parler, ni manger, ni boire. Privé de l'air et du Soleil, du mouvement et de la liberté. Condamné à l'immobilité, au silence, à l'ennui. Condamné à l'éternité. Et cela continua. Des capteurs furent introduits par trépanation dans son crâne. Aoki pensa à l'Œil, mais c'était différent. Il ne sentait rien physiquement, mais devinait que l'on introduisait quelque chose dans la partie la plus profonde de sa conscience.

Et puis l'Empereur s'adressa de nouveau à lui :

— Tu es ici pour purger ta peine. Tu as eu l'occasion d'intégrer la Ligue de la Foi et tu nous as trahis. Tous ceux qui t'entourent sont des renégats, comme toi. Mais toi aussi tu peux encore servir la Foi. Il y a bien longtemps maintenant que cet endroit a été construit. Il préserve la mémoire de toutes les connaissances de l'Humanité. Elles étaient autrefois stockées dans des machines qui se sont très vite saturées. Grâce à la technologie des Kimagure, nous avons pu télécharger la mémoire et la conscience des Joueurs. Et en perfectionnant cette technologie, nous avons trouvé le moyen de stocker les connaissances dans l'ADN humain, une réserve bien plus vaste que n'importe quel cerveau électronique. Désormais, tu participeras à notre Grand Projet. Tu aurais pu le faire de ta volonté, car j'avais placé en toi de grands espoirs. Tu aurais pu devenir l'égal d'un Grand Prêtre et participer à la création d'un Homme nouveau. L'Homme de l'avenir. Des Kimagure de valeur et des Mikenos méritants ont été conservés dans le froid en attendant les progrès à venir. Nous avons déjà créé des cœurs et des utérus artificiels, modifié les rétines pour voir dans l'obscurité, implanté des dispositifs dans les conduits auditifs, cultivé des cellules modifiées pour résister aux radiations, fabriqué des globules rouges artificiels pour fabriquer de l'oxygène sous l'eau. Tout cela, tu as pu le constater sur les gladiateurs qui t'ont affronté dans l'arène. Des athlètes génétiquement modifiés. Mais tout cela n'est pas suffisant. Tu as pu te protéger des gladiateurs en t'entourant d'un champ d'énergie naturel. Mais tu ne pourras le fabriquer ici, car tu es privé de la lumière du Soleil. Tu as raté ta chance, gladiateur. Tu aurais pu devenir notre prototype d'Homme nouveau. Tu aurais pu profiter de notre plus belle invention. Un cerveau artificiel. Inaltérable. Immortel. Notre Grand Projet, c'est l'immortalité ! On m'appelait autrefois l'Empereur, Je suis désormais l'Immortel. Je suis âgé de cent quarante-sept années. Beaucoup plus que Madara qui a cru me tromper en avalant un sérum qu'il a fait concevoir par des Kimagure. Mais il a oublié que je suis le premier. Le premier des futurs immortels. C'est moi qui ai le premier bénéficié du Troisième œil. Et le seul... Celui qui me permet d'être relié à toutes les machines pensantes et de connaître ce qui se passe sur la planète entière. Celui qui me permet de réparer le vieillissement de mon cerveau. Et de diriger ma pensée : sais-tu que depuis que le cercueil s'est refermé, je parle directement dans ton cerveau ? J'ai profité de l'Implant alors que je n'étais encore que le dirigeant de mon peuple. En secret. On s'est longtemps demandé pourquoi j'avais disparu quelques jours de mon ancienne vie. C'était pour rejoindre l'un des premiers Kimagure, de ceux qui ont accepté de servir mon projet. Avant de me trahir, effrayés par les conséquences de leurs actes... Je suis désormais le plus puissant des hommes. Et c'est moi qui guiderai la nouvelle Humanité. Lorsque toutes les connaissances auront été stockées dans ton code génétique, tu auras l'immense honneur de me servir de machine vivante. Tu auras ainsi la chance de vivre éternellement, ou presque. Des milliers de vies humaines... Avant que ton code génétique ne se détériore... Et avant même que ton corps ne s'éteigne. Je connais tes facultés de régénération, Aoki. Tu es un mutant, l'unique à ma connaissance. Tu es la résurgence d'une race d'hommes qui a vécu sur cette Terre voici des dizaines de milliers d'années. Mais je compte bien me servir de toi pour en créer d'autres. Je t'ai réservé le dernier sarcophage et tu seras le dernier aussi lorsque tous ceux qui t'entourent auront disparu. Tu seras la mémoire totale. À ma disposition ! Ne crois pas que j'ignore la souffrance, gladiateur. J'ai connu ce que connaîtront tes compagnons restés au Kwanliso. J'ai connu les camps de travail et l'humiliation. Et l'humiliation de mon pays. Je lui ai offert le progrès économique en échange de la soumission. Et lorsque la Grande Guerre a été déclenchée, j'ai sacrifié mon peuple pour assurer la survie de l'Humanité à travers le Grand Projet. J'ai réuni toutes les forces de la souffrance pour épurer l'Humanité, et épurer la Terre. La ligue de la Foi a subtilement profité des vices des hommes pour prendre le pouvoir et détruire ce monde à l'agonie. Il n'était pas possible de le sauver, mieux valait précipiter sa chute. Quant aux Exilés, nous avons laissé partir les plus audacieux de nos Frères avec eux, afin qu'ils puissent à leur tour porter le ferment de la nouvelle Humanité. Et détruire les restes de l'ancienne. Nous nous sommes partagé le travail. À eux l'espace, à nous la Terre. Je ne te dis pas adieu, Aoki, car nous nous reverrons. Mais probablement pas avant des milliers d'années…

L'Immortel disparut du champ de vision d'Aoki. Les deux Prêtres s'étaient éclipsés depuis longtemps.

Un hurlement silencieux de désespoir emplit le cerveau enfiévré du condamné. Et quand le hurlement s'éteignit, ne resta plus en lui que l'espoir de mourir ou de devenir fou. Mais il doutait que la technologie Kimagure le lui permette.

Alors il attendit. Que passent les minutes, les heures, les années et les millénaires. Un frôlement familier vint toucher délicatement son esprit.

Je suis là, mon amour…

Préceptes de Choden

Lorsque le monde meurt, s'adapter est une question de survie.

Le véritable pouvoir commence où s'arrêtent les croyances.

Nous ne voyons que ce que nous sommes, pas ce que nous avons sous les yeux.

Le monde entier est une arène.

Deviens le sabre.

Le bras de ton adversaire est déjà un sabre.

Mordant comme le feu, immuable comme la montagne, rapide comme le vent, silencieux comme la forêt. Voilà ce que tu dois être.

Si tu vois un guerrier aux cheveux blancs, n'essaie pas de l'affronter.

Entraîne-toi à tomber. C'est la meilleure manière de se relever.

Ton corps ne fait pas la différence entre la pensée et l'expérience.

Mille jours pour forger, dix mille jours pour polir. Mon secret réside dans ma façon de me tenir debout, de marcher et dans celle de m'asseoir. Observe.

Le combattant meurt jeune et sans regret.

Le combat est comme l'eau chaude, qui refroidit dès que l'on cesse de la chauffer.

L'éléphant ne peut briser la chaîne qui le retient captif. Non parce qu'il en est incapable, mais parce qu'il la porte depuis son enfance.

Sois un guerrier dans ton jardin, plutôt qu'un jardinier sur le champ de bataille.

Tu n'entends pas la vérité, seulement ce que tu as envie d'entendre.

Que ta main soit vide, que ton cœur soit plein, que ton esprit voyage de l'un à l'autre.

Lexique

Le vocabulaire employé dans l'univers du Gladiateur d'Irina fait généralement référence à celui des arts martiaux japonais. Mais certains autres ont été inventés par l'auteur.

Le combat et l'arène

Les armes :

***Bo** (un) : bâton*

***Kalari** (le) : salle d'entraînement*

***Kama** (un) : faucille*

***Kusarigama** (un) : faucille avec chaîne*

***Katana** (un) : sabre (arme favorite des combattants)*

***Nuncha** (un) : dérivé du nunchaku, arme composée de deux bâtons reliés par une chaîne, transformable en bâton ou en sancha (à trois branches)*

***Saï** (un) : arme défensive à deux crochets pour bloquer une autre arme*

***Shinaï** (un) : bâton à deux mains*

***Tanto** (un) : couteau*

***Tekken** (un) : coup de poing américain*

***Tonfa** (un) : matraque*

***Yari** (une) : lance*

Les mots du combat :

***Fudo Shin** :* Calme

***Hajime** :* Commencez !

***Go no Sen** :* Anticipation de l'après

***Kentos** (les) : têtes des phalanges du poing, qui représentent la surface d'impact du coup de poing, notamment en karaté*

***Ki** (le) : énergie universelle que le pratiquant des arts martiaux exprime en prononçant le kiaï*

***Kumite** (le) : assaut à mains nues*

***Sen no Sen** : Anticipation de l'esprit*

***Senseï** :* Maître

***Shimeï** : duel à mort, sans règles*

***Tai no Sen** :* Anticipation du corps

***Zanshin** :* Vigilance

La Ligue de la Foi

Giri *(le) : vœu d'obéissance*

Kanji *(le) : langue de la Fraternité Noire, dérivée du Japonais*

Kumohi : Soleil Noir, *emblème de la Ligue de la Foi*

Martyre *(le) : sacrifice humain dans l'arène, ou dans le Tombeau de Tokohama*

Sauveurs *(les) : corps de médecins-bourreaux*

Seppuku *(le) : suicide rituel, plus connu sous le nom de hara-kiri*

Shi no Tenshi *(les)* : Anges de la mort, *garde d'assassins privés de l'Empereur*

Shudo On'na *(le) : Ordre féminin de la Ligue de la Foi*

Sutemi *(le)* : Don du corps, *meurtre pratiqué par un Sauveur*

Les Consortiums : ce sont les entreprises survivantes d'avant la Grande catastrophe

Kuruma *(la) : monopole de l'industrie et des transports terrestres*

Sabak *(la) : consortium qui gère les camps de réfugiés*

Sara *(la)* : Assiette, *monopole de l'alimentation*

Sempu *(la)* : Vent léger tourbillonnant, *monopole du transport spatial et des satellites*

Soreibato *(le) : galette protéinée, sorte de viande artificielle fabriquée par la Sara*

Takara *(la) : monopole des mines et de la fabrication du plastisol*

Les castes

Fraternité Noire *(la) : nom familier de la Ligue de la Foi*

Johatsu *(les)* : Évaporés, *vagabonds*

Joueurs *(les) : Minekos décadents qui ne vivent que pour le Jeu, jeu vidéo qui leur permet de visiter des arènes virtuelles et de manipuler les gladiateurs*

Kamon *(le) : emblème; chaque consortium, ou chaque caste possède le sien*

Kimagure *(les)* : Capricieux, *scientifiques; après avoir servi la Ligue de la Foi, certains se sont révoltés contre elle*

Minekos *(les)* : Enfants de la crête, *riches privilégiés qui vivent sur les mers ou dans les vaisseaux en atmosphère*

Zans *(les)* : Ceux qui restent, *gouvernement mondial formé sur les restes des pays d'avant la Catastrophe*

Le Pèlerinage

***Ayumu** (le) : première épreuve, consistant à pénétrer dans le Tombeau*

***Keppan** (le) : sceau d'appartenance, par le sang versé*

***Minarai** (un) :* apprenti, *novice*

***Musha** (la) : Croisade, le but affiché par la Ligue de la Foi*

***Tokohama** : prophète censé avoir créé la Ligue de la Foi*

***Toru** (le) : troisième épreuve, consistant à s'introduire soi-même les aiguilles radioactives*

***Tsu** (le) : le Pèlerinage*

***Tsugu** (le) : dernière épreuve, consistant à pénétrer dans le Cœur du Tombeau*

***Ukeru** (l') : deuxième épreuve, consistant à s'offrir aux aiguilles radioactives*

***Vague** (la) : mouvement social qui a succédé à la Grande Catastrophe*

Les matériaux et les objets

***Glassit** (du) : verre flexible*

***Luminer** (un) : éclairage*

***Plastisol** (le) : plastique formé à partir du dioxyde de carbone (CO_2)*

***Solaglass** (du) : verre très épais*

***Solamétal** (le) : alliage léger et inaltérable*

***Soler** (la) solar energy, l'énergie tirée du Soleil*

Les moyens de transport

***Jonque** : vaisseau satellite croisant au-dessus de l'atmosphère terrestre*

***Chaloupe** : vaisseau aérien croisant dans l'atmosphère*

***Washi** (un) : rapace, drone*

Ce livre a été imprimé
en France par **ICN**

Zone Industrielle des Saligues
98, rue Louis Rabier
64300 Orthez

05 59 69 77 80
icn@imprimerie-icn.fr